闽水洪波

福建师范大学文学院文学创作丛书

鱼 脸

张心怡 著

图书在版编目（CIP）数据

鱼脸／张心怡著．—福州：海峡书局，2020.12（2024.7重印）

（闽水泱泱：福建师范大学文学院文学创作丛书）

ISBN 978-7-5567-0766-9

Ⅰ．①鱼…Ⅱ．①张…Ⅲ．①短篇小说-中国-当代②散文-中国-当代 Ⅳ．①I247.5②I267

中国版本图书馆 CIP 数据核字（2020）第 236927 号

责任编辑 刘晓闽

鱼脸
YU LIAN

著　　者	张心怡
出版发行	海峡书局
地　　址	福州市台江区白马中路 15 号
印　　刷	三河市兴博印务有限公司
厂　　址	河北省三河市杨庄镇大窝头村西
开　　本	710 毫米×1000 毫米　1/16
印　　张	11.5
字　　数	174 千字
版　　次	2020 年 12 月第 1 版
印　　次	2024 年 7 月第 2 次印刷
书　　号	ISBN 978-7-5567-0766-9
定　　价	58.00 元

版权所有　翻印必究

如有发现印装质量问题请寄承印厂调换

序一

相对于中原而言，无论是经济还是文化，福建都是开发较迟的区域。然而，经过唐、五代的发展，至北宋、南宋时期，随着文化南移，处于东南海疆的福建在文化投入方面令人注目，整个宋代福建就出了几千名进士。宋代的福建文化处于崛起的状态，州县学、书院的兴办，科举的发达，刻书业的繁荣，让福建一时文化精英荟萃。北宋著名词人、婉约派代表人物柳永就是武夷山人，南宋著名词人张元幹、刘克庄也是福建人。时间发展到现当代，冰心、庐隐、林徽因、郑振铎、高士其等闽籍作家影响广泛，他们的作品成为经得住考验的长销书，用今天学术界的话来说，就是他们的许多作品都"经典化"了。

我无意过分强调福建的灵秀山水对孕育出一代代文人墨客的不可替代作用。地域文化的某些特征有时能让人发挥天赋，有时则制约人的创造力和洞察力。我只是说，从福建这片碧水青山走出来的读书人，他们对世界的思考，他们的审美创造，随着近代伊始"放眼看世界"的时代潮流不断涌动，表现出地域性文化与世界性文化的消化、融合大于冲突的特征，同样，他们的审美书写，既有博大的胸怀，又不乏细腻的精致。而这些特点在福建师范大学文学院创作文库的诸多作品中，亦能得到有力的印证。

福建师范大学文学院培养的学生相当大的一部分已经是福建省语文教学的骨干教师，培养优秀的师范类大学生无疑是教学方面的重点。同时，不少博士、硕士、本科毕业生也走上了大学教育、文化传播或行政管理等岗位，与师大文学院有着学缘关系的各类人才活跃在教育与文化建设的各个层面，他们的工作在毕业后已经有了很大的差异，但有些能力的不断强化依然是他们的共同点：一是能写，二是能说。

如果是一位语文老师，"能写"意味着老师的下海作文要能为学生做出示范，示范性意味着难度。语文老师的高素质表现之一，就是老师写出的文章，无论是议论文还是记叙文，不但能让学生服气，而且具有带动、启发的作用。近在咫尺，且与学生形成教学共同体的语文老师若"能写"，其为"班级订制"的作品通常能发挥教材上的文章所无法替代的作用。如此，文学院的学生写诗歌、散文、小说、随笔，不是一种"业余行为"，而是通过写的"游戏状态"达到写的"专业状态"。这是因为这种"游戏之写"，不是通过必修性的学分制度让学生受约束，而是通过鼓励性的氛围创造来推动进步。一位学生只有通过写小说、写散文、写诗歌，才会有耐心琢磨自我情感如何通过文字获得有效而别致的表达。一个运动员光看教学录像无法成为运动员，只有参加训练和比赛，才可能锻炼体魄，习得技术和战术。文学院从2009年开始举办一年一度的文学创作大奖赛，得奖作品汇编成正式出版物，展现学生的创作才能，通过"作品会操"提升创作水准，检讨作品得失，活跃创作氛围。如此持续多届，为形成创作批评与学术研究积极互动之特色打下基础。这样，从"运动员"到"教练员"，今后师大文学院的毕业生，无论是从事教师工作，还是当新闻记者，或是从事其他文字工作，不但自己要写得好，更由于自己有了对写作的深切体验，懂得教他人写出一手好文章，而不是只会用几个既有的概念或术语来敷衍出几则写作方法。能力的培养，许多是习得性的，而不是概念性的。方法的"懂得"不见得会写，从方法学习到应用学习，有一大段距离要去亲自经历，也就是说，写作能力的习得具有不可替代性：只有体验过，受挫过，豁然开朗过，积累了一定量的写作体验，懂得自身的天赋如何通过写作发挥出来，才可能找到属于自己的表达路径。光说不练，写作体验是不可能达到深切的。从这个意义上说，此次创作丛书的出版，对鼓励性的创造氛围的进一步形成，将起到明显的推动作用，其影响也将是长期的。

此次文学院创作丛书的推出，其特色是除了学生作品系列，更有教师与校友系列。我们知道，福建师范大学文学院的历史可追溯到1907年清宣统帝的老师陈宝琛创建的福建优级师范学堂的国文系科，是全国较早创办的中文学科之一。历史上，叶圣陶、董作宾等著名作家曾在此任教，著名的翻译家项星耀也曾任教于师大中文系。创作、翻译、研究、教学，这在诸多现代文学人那儿，多是相得益彰、相映成趣。我们无意倡导高校中文系教师在教学、研究与创作诸方面的全能化，但至少应该欢迎有创作才能的高校教师发表文学作品。文学作品创作不像体操比赛，上了年纪的体操教练很难与年轻的运动员一比高低。创作可类比射击运动，经验丰富的老教练亦可充任赛手，与年轻运动员同台竞技，有时还能获得不俗成绩。此次教师系列与校友系列的创作者，既有名家，又有年轻的小说家、散文家、诗人，说不上洋洋大观，但也是济济一堂。第一次如此集中地推出在文学院工作以及在外就职的知名校友的文学作品，既是文学院教师群体创作实力的阶段性总结，亦通过作品的共同展示，了解知名校友的创作现状，深化知名校友与母校的学缘纽带联系，构建以师大文学院为出发点的创作共同体，让在校与校外的文学院文学创作者的各种作品，从各个侧面体现文学院历史与现阶段教学的成果。

文学院这三个创作作品系列，从年龄的角度看，也可视为老中青三代的不同生活与思想情感面貌的差异性汇合，他们都与师大文学院有着种种"不得不说的故事"，他们的作品也或多或少反映了在母校生活的各种情感痕迹。当然，这是小而言之。就大处看，这三十年来，在我们这片土地上发生了各种变化与各种故事，然而，无论如何变化、如何不同，这三个系列的创作群体至少有些共同记忆密切地联系着福建师范大学，紧紧地联系着他们共同拥有的中文系和文学院。除了这一颇有意趣的共性之外，他们各自的生活与情感面相更可以让我们激动地发现，我们的同学、教师、校友通过他们的笔，对生活有着怎样的发现，又提供了什么样的思想与审美的景象。这犹如一系列的精神橱窗，让我们漫步其中，驻足品味，或会心一笑，或沉思感慨，或退后打量，或移情投入，说一声："看看，毕竟都是师大文学院的人，他们有些地方太像了。"或是："怎么都是师大文学院出来的人，他们的风格真是千差万别，争奇斗艳。"也许，这正是中文系、文学院应该有的写照，他们为了一个共同的爱好、趣味，曾经或现在正走在一起，他们以各自的思想与表达呈现各种看法，同时，又以他们的笔，共同表达对世界、祖国、家乡以及文学艺术的热爱。

福建师范大学副校长　汪文顶

序二

1988年，我进入福建师范大学中文系，从那时起，我和文学的不解之缘就开始了。

那是文学创作的黄金时代，文科楼教室和宿舍楼里永远闪着不愿熄灭的日光灯，紧蹙的额头和双眉，格子簿上黑色的笔迹，一簇簇橙红明灭的烟头，都在暗示着文学风尚在那个时代是多么为人尊崇。我记得，中文系的闽江文学社云集了一大批文学爱好者。当年的文学爱好者，大多数现在已成了作家、评论家，他们将爱好做成了事业；更多的人，他们在工作岗位上发挥中文专业的特色和优势，在柴米油盐中眺望自己的理想。尽管当年的爱好已默默沉潜到生活的褶皱里，但毫无疑问，我和他们一样，用四年的时光培育了一生的情怀。

我们为什么需要文学？每个人都有各自的判断。毫无疑问，文学让我们更清楚地看见人生和世界，我们在艺术的视距里"看见"从来没有看到的，这也许就是文学永恒的意义。因此我们说文学是一项不朽的事业，所有曾经和正在进行文学创作的人们都值得嘉许和崇敬！

热爱文学的方式有多种：一种人以文学创作为终生的事业，另一种人持续阅读文学作品并关注文学的发展，用读者的身份和阅读的力量来影响文学的发展。大学毕业后，我曾经在莆田一中当过语文老师，经常鼓励和指导学生多写作文，写好作文，不断提高写作能力。如今虽然沉浮商海多年，但我依旧对文学创作怀有深深的情结。我愿意做后一种人，虽然放下了文学创作，但永远不离开它！

福建师大中文系是一个文学人才荟萃之地，这里有很多优秀的文学创作者，有的作品还对当代中国文学的发展产生过重要影响，而我也因之受益良多。今天，欣闻"福建师范大学文学院文学创作丛书"即将出版，我非常荣幸能为这套丛书的出版尽绵薄之力，一方面表达我作为一名中文学子的拳拳之心，另一方面我也想对那些依然在进行文学创作的老师和同学们表示敬意！持续关注福建师大文学院的文学创作和研究发展情况，并能有所助益，这是设立"文学创作与研究奖励基金"的初衷。"福建师范大学文学院文学创作丛书"的出版不仅是福建师大文学院老师和学生文学创作成果的一次重要结集，更是一次集体展示，它不仅总结过往，更预示着将来。我想，福建师大文学院的文学创作传统也必将因之迈上新的台阶，继续发扬光大！

福建师范大学文学院1988级　林　勤

目录 CONTENTS

序一　　　　汪文顶 / 1
序二　　　　林　勤 / 5

小　说

界　限 / 3　　　　蓝色脂肪 / 40
女　孩 / 15　　　　雀　斑 / 48
腊八粥 / 31　　　　鱼　脸 / 59

散　文

落肚踏实 / 115　　　沪上旧梦 / 154
虚　构 / 121　　　　咻　咻 / 158
春宽梦窄 / 127　　　小径分岔的花园 / 163
裔　裔 / 133　　　　寻饼记 / 166
大表姐 / 151　　　　落花与果实 / 168

小说

界　　限

　　一九九五年，我们居住在城西县后村，刚刚搬进来的时候，父亲的酒喝得很凶。母亲说，父亲一旦还完开办塑料厂欠下的贷款，那状态就像一个抽掉气体的轮胎，无论如何，总得要塌陷一阵子。可是我总疑心父亲究竟有没有顺利还掉所有的贷款，还是说一切都来自母亲的包庇。一九九五年，我们搬离红屋顶的骑楼二楼，晚上睡觉的时候，故事书里的人物对我说，楼下有哒哒的马蹄声。我竖起耳朵，轮胎摩擦地面，母亲轻声对我说，是你爸爸回来了。然后是哒哒的马蹄声，无妨，我可以自己把故事编下去。父亲走上楼来，对我笑。那时他也常常喝酒，可那是为了生意。通常是在晚餐的时候，他会说，我不会让你们失望的。那是哪一年呢？他指的是他的塑料王国，一屋子的塑料，我曾经想象过自己成为其中的一个美貌公主，又觉得有些无聊。母亲没时间陪我，她在卧室改装的加工车间里，很卖力地干活，并且为了操作方便，和所有的工人一样不戴口罩。后来，我曾经对范鸿艳谈起过这些，她假装听不懂我的炫耀，而是反问我，你有没有想过，比如说，点燃其中的一根塑料管子，噗的一声，她扭过头，唾沫星子有几颗溅到了我的脸上。我盯着那些飘来荡去的芦苇秆子，夏天被点燃了，整幢屋子熊熊地烧了起来。反正，她说，你的塑料王国是覆灭了。那是一九九五年。

　　除此之外，一九九五年还发生了许多事情。范鸿艳站在县后村八卦沟的河流边，和我不自然地溜达来溜达去，手都揣在裤兜里。她按响了我们家的门铃，替她的母亲来要一点废弃的塑料，脸像石头一样硬。母亲没头没尾地对我说，你们出去玩吧。那时候满脸通红的人是母亲，而父亲坐在椅子上，沉默不语。我巴不得马上出去。事实证明，当说出这个提议的时候，母亲根本没有看清来人是谁。二十二年后的今天，母亲很惊讶地问我，谁是范鸿艳？

　　我的童年应该有过很多个范鸿艳，她们在城西县后村叽叽喳喳的背景里响成一片。母亲并不很确定我都在和什么样的孩子玩耍，她也不知道，为什么父亲瞒着她，把事业单位里的公职辞掉了，而那两千块钱的辞职费又去了哪里。他们背着我要说些什么的时候，母亲就没头没脑地对我说，出去玩吧。然后晚上又坐在一起热热闹闹地吃饭。在电视机嘈杂的背景声中，父亲对亲戚们说，事业正在转向建筑业。他的嗓音圆润，母亲端出了饭后的水果，又转身去洗碗。是西瓜，如果胃里冰冷的感觉确有其事，那无疑是在夏天。日后的许多年，我期待着，母亲能够断断续续地告诉我所有的事情。比如说，为什么在父亲的枕头底下，会有一本她从未发现过的账本。父亲的塑料厂还有欠款，要回来了多少，又全部都用在了哪里。在那时候，我没有把握，我们究竟还有多少钱。像沙漏计时器，范鸿艳拿着它在我眼前一晃而过，和百货商店橱窗里的款式一样，她说它原本待在阿剑家的客厅里。我假装听不懂她的炫耀，而想要试探着问一问母亲。那是什么？母亲问，她看我，总像隔着一层大雾。她太累了，在超市收银台同时接了两份活，要转两个轮班，每天中午临出发前，在门廊那里，她用脚把鞋子踢到自己的面前，那动静弄得很大，我总是被惊醒。

  那时候的日子，究竟有没有可能有着第二种过法？父亲的脸再次变得红通通的。喝酒成为恶习，而家里再也没有了旋转楼梯，这或许就是滑落的开始。父亲用辞职费给他唯一有过的情人购买了一张返乡机票，他曾经设想过很多种补偿的方式，比方说，接更多的外活，随着建筑工程去各地出差，然后把工资定期打到母亲的卡上。或者，和某个正在滑落之中的朋友一起，开办一个建筑招标公司，东山再起，父亲很喜欢用这个成语，而母亲终于没有忍住，在饭桌上笑了起来。那个女人叫小红，母亲对我说，她可以原谅很多东西，唯独这一个不行。也是夏天，当我打扮整齐出门相亲的时候，我就想起父亲在一楼厨房里炒菜的那天，母亲从窗外走过，油烟中渐渐显示出一个少女的轮廓。范鸿艳捧着我的胸部，两手合掌，好似要给一颗种子安插栽种的盆子。她说，你的胸部应该会长得很大，看看你母亲就知道了。如果母亲的胸部没有长得那么大；如果当天中午，她不是在那个时刻刚好从窗前走过；如果我没有出生，而父亲就去世了，或者说，出生的那个孩子不是我呢？

为什么是我。偶尔动情的时候，范鸿艳会对我说这句话。这其中的意义很含混，比方说，在猪肉和牛肉混煮的肉汤里，为什么是她吃到了猪肉。一打嗝，整床棉被都飘了起来，很奇怪，她身上的怪味总是让我心安。第一次见面的时候，即使是在恶臭熏天的河边，我也闻到了她身上熟悉的塑料味，从头发根到袜子头，那是塑料王国中的低端产品，她的母亲以回收塑料破烂为生。我记得她母亲抬起头对我微笑的样子，在她心目中，我或许还是那个塑料厂厂长的女儿。范鸿艳在吸一根棒冰，和所有的弟弟妹妹挤在同一张床上睡午觉。横躺着，偶尔翻个身，像烤架上的香肠。我看着她，毫无疑问，那也是在夏天。

我们能够记住的总是一些场景，或者画面。海年对我说，他童年总是守在妈妈的工厂门口，等着他妈妈下班给他几毛钱，好冲去买一个红糖馒头。这条买馒头的道路究竟有多长，如果拨开来看，像当年我和范鸿艳那样，将芦苇秆子拨开。相了很多次亲，我对母亲说，有点疲惫。母亲在电话的那一头安静了一会，她说，那你想怎么样呢？像一个陈述句，需要一个句号，我一闭上眼睛，就想起这个画面。这个奔跑的小男孩，很知足，也很无助，该是个什么样子。

为什么是我，其实很多时候，答案介于是或者不是之间。如果不是电梯门关上的那一刻，我看到海年眼睛里的火星。如果我早点走，或者晚点走，没有乘坐那一班电梯。如果我低下头，保持沉默不语，就没有了后来漫长的岁月，像一条河流一样，从身上流淌过去。而母亲直挺挺地站在那里，在父亲的丧礼上，她已经做好了十全的准备。父亲的亲人向她扑来，八卦沟里的河水又涨起来了，年复一年，臭气熏天。母亲张开口，却说不出话来。她无法解释她并不完全知晓这本账本的实际内容，她也无法证明，当天根本不清楚父亲为何笑嘻嘻地出门讨债。父亲从十六楼坠楼的时候，母亲也许在看八点档的电视剧。接到电话，她还以为那是一个恶作剧。父亲的确在寻找补偿她的方式，而情人、小红、辞职费、账本，她原本以为，这一切已经远去。我对警察说，父亲甚至久违地亲了亲我，那口水的味道臭烘烘的，不信就请闻闻我的脸颊吧。没有人要理睬我，丧礼上正吵得鸡飞狗跳。母亲站立在那里，动也没有动过，好像她准备一直这么站下去，从夏天到冬天，就扎根在

5

那里。

像某种树。清漾只有冬夏两季，叶子从不枯黄，阔叶林，我抬起头，而范鸿艳在八卦沟边捏起了鼻子。夏天的时候，垃圾的味道最臭。到了冬天，晚归的醉汉就在河里一个接一个地死去。她絮絮叨叨地说起细节，哪一个人，是无可救药地酗酒成性；哪一个人，边哭边跳；还有一个人，只是为了伸手去接掉落的钱包。她说起来，就好像在背诵新闻稿，我知道她想说什么，可是我让她一直说下去，这样我就可以不必开口，也不必来想我自己的问题。终于有一天她问我，如果我死了，会有人来找我吗？我想到她那在一堆塑料垃圾之上，抬起头来对着我微笑的母亲。夜晚所有睡觉的孩子，都像烤肠一样地翻身。我答不上来，只是感觉全身都凉得发抖。我担心，母亲有一天会离开她所站立的那个位子，也走到八卦沟边来。我谨小慎微地顺从着母亲，度过了最初的那几年。在后来的岁月里，我反复咀嚼着这几年，从夏天到冬天，像树叶脱落一样，父亲的一部分正在永远地离开我们。情人、小红、辞职费、账本，还有父亲之所以笑嘻嘻出门赴死的原因。而我不知道我从哪一天开始就没有爸爸了，我也不知道，没有爸爸是种什么样的感觉。

范鸿艳第一次迈进我们家的门，母亲就问了不该问的问题，你的爸爸呢？她全身一抖，脸绷得像石头一样硬。她说，我妈妈让我来要一些废弃的塑料，手交叉在身后，像把剪刀。她的母亲，等在家里，等着用剪刀把废弃软泡沫塑料的布面揭掉，分类之后卖钱，然后对着我微笑。我要很多年之后才会明白，等着她妈妈的事情，还有很多。比如，每天中午给那么多的孩子下面条，要油要菜还要肉。还要一个爸爸。在我认识她的那几年里，她屡次三番地对我说，她马上就要有一个爸爸了。有的时候，是方形脑袋，有的时候，是圆形。她的母亲尝试着带不同的男人回家来，给他们做饭吃，把孩子们赶出门去。而他们都躲在门缝里张望，有的时候，生活里接下来的故事就像摇色子。我问她，她想要哪一个爸爸。她拿出几支削得凹凸不平的中华牌铅笔对我说，就要这一个吧，这是我爸爸给我削的。这是哪一个呢？总归有一个。在父亲去世的最初几年，不断有人跟母亲提到再婚的事情，一个女人要如何拉扯一个孩子呢？而他们都委婉地问她，能否放弃掉这个孩子，只身一人嫁过来。有的时候，生活里接下来的故事就像摇色子。二十多年后母亲告诉我，她当年也曾走到八卦沟边去，盯着河水发呆。也曾经和一个男人保持过短暂的恋爱关系，他是唯一愿意接纳我的男人。母亲让我叫他爸爸，尽量表现得可爱一些。我抬起头，他递给我一支超大的草莓味圆筒冰激凌，我说叔叔，叔叔好。大家都夸我乖，可那种怜悯是扎人的。我想起爸爸离开的那天，嘴巴里臭烘烘的味道，他把我生硬地在他的胳肢窝里挤了一下，算是拥抱。他说，宝贝，爸爸出去一下。妈妈问我，宝贝，你觉得这个叔叔怎么样呢？当年，如果我能够拦住爸爸，发烧、撒泼、全身抽搐、甚至当场死亡。如果爸爸不曾做过塑料生意，或者，爸爸没有把那本谁也不知道的账本，藏到枕头底下？父亲想要独占那笔钱，他想要干什么呢？他忘记了母亲曾经在工作间里尽力劳作，并且和所有的工人一样不戴口罩。父亲生命中的这一部分，母亲是永远不可能知道了，或许，这才是真正让她感觉到悲哀的地方。她问我，宝贝，你觉得这个叔叔怎么样呢？

我不记得我是否做出过回答了。我也不记得是在哪一年，这个叔叔又消失了。母亲拉着我的手走在菜场里，她走得飞快，几乎要跌倒。而我不知道我们每天早上都赶着去做些什么，也许早上的菜又新鲜又便宜，母亲站在那里砍价，她很累，气喘吁吁，但是嗓门却越来越大。生活就像厨房里的菜刀，刚刚开始是疼痛的，到后来，切着切着自然就钝了。这么多年来，母亲的厨艺都十分寻常，以至于当我第一次到海年家中，吃到他母亲做的菜时，我所有的赞美与惊叹都是由衷的。海年是由母亲一手带大的，他对我谈起父亲的时候，眼睛总是往上抡着，盯着天花板，那是他最为脆弱的时刻。而我全身战栗着，当我们俩的童年记忆以越来越快的速度重复交叠，就如同我在电梯间门口对他一见钟情的那天，我以为命运会发生什么改变。真的，我看着那条被污染到浊臭的八卦沟，其实我和范鸿艳并没有什么区别。头挨着头，肩并着肩，当我们脚丫连脚丫地躺在枯黄的芦苇丛旁时，对面的商品房似乎是在一夜之间拔地而起。哪一个是阿剑家呢？她指着其中一扇窗户，而我指着另一扇，互相之间，我们都不说话。我以为她睡过去了，侧过身，看到她的圆眼睛睁着。她说，我觉得阿剑有一点喜欢我呢。因为那个沙漏计时器吗？我知道那不是阿剑送给她的，而是她自己偷来的。但我没有说话，顺手拿过一支芦苇秆子头咬在嘴里。我感觉,这个夏天就要过完了。

阿剑家是整个单位大院里最早搬出去的家庭之一。而阿剑只是一个比我们大两岁的小男孩,除此之外,我什么也记不得了。或许他在每天下午都会拉开那间卧室的窗帘,伸一个懒腰,透出一点光。仅凭那一点光,范鸿艳就判断出了其中的干净、整洁和宽敞。有一次,我和母亲在菜市场看到阿剑的妈妈,她远远地站着,和我们打招呼,穿着窗帘布一样花纹的裙子。范鸿艳笑起来,傻瓜,那不是窗帘,那是绸缎。

什么是绸缎?她说,赵小娘穿的衣服就是绸缎。赵小娘是状元夫人,要戴珠玉、穿绸缎、坐轿子。一只手扶着丫鬟的手腕,身子斜斜地倚在轿栏上,叫一声哎哟。满面娇嗔喜色,她若不是这么美,这么多年,也不会让朱买臣念念不忘。看戏,范鸿艳在塑料凳子上跷起了二郎腿,一地的瓜子壳儿。红白喜事,上演高甲或者梨园,都要提前占座,范鸿艳挤在一群老太太中间,她们对她窃窃私语。她昂着头,把瓜子壳咬得龇牙咧嘴地响,她就算不吃瓜子,她们也会认为她没有教养。那群男孩子耻笑她,你的新爸爸呢?这其中就有阿剑。她的脸色惨白,而我低着头走路。我想象着那个画面,范鸿艳上门讨要废弃的塑料,而阿剑递给她一个沙漏计时器。沙子漏下来,掺了水,父亲背着一袋湿重的沙子对着我笑。他说,我出门遛遛就回来。他一走,那群听戏的老太太就围拢上来,纷纷打听我们家到底欠下了多少钱。有说十万的,有说五十万的。母亲站立在那里,成为一棵树,夏天一过,树枝上的叶子就开始脱落。海年刚到上海的时候,他对我说,冬天的皮肤干得就像菠萝包。他保持每天洗澡的习惯,我告诉他沐浴露不要打得那么多,他点点头,那时候我们还没有开始同居,坐在一起平静地微笑。这十几年的岁月在眼皮子底下像河流一样地淌过。少女时期的我躺倒下来,看着清濛雾蒙蒙的天空,将手伸进内衣里,揉搓乳房。我记得那个叔叔帮母亲洗内衣,他将搭扣扣上,然后倒挂下来,淅淅沥沥滴了一阳台的水。每天早上,他会去一趟菜市场,顺便问问我爱吃什么,而我或许也曾经开过口叫他爸爸。他厨艺不错,母亲和我就举着筷子等候在饭桌旁。母亲个子不高,她的双脚稍稍离开了地面,表现得像个十足的小姑娘。

有的时候，会有一些机会，很奇怪，降临到我们头上。而另一些时候，我们所期待的东西，迟迟不来。在治理雾霾之前，上海每天的早晨都大雾弥漫。隔着一辆公交车，我看不清楚海年的模样。他拎着豆浆、烧饼或者油条，走过斑马线。我们吃下这些裹着雾霾的食物，分别去赶上班的地铁。他说，晚上给你做好吃的，温柔，语速缓慢。听完了他的上一句，我总是要稍等片刻，等着下一句是什么。

下一句是什么呢？

我等来大学录取通知书的那一天，母亲激动得在夏天的空调房里大汗淋漓。她说，上海啊上海。似乎离开了清濛，就能够画出命运全新的起点，更别提城西县后村这个摇摇欲坠的城乡接合部。毕业那一年，我和她说我要留在上海的时候，她单刀直入地问我，那么海年呢？他什么时候娶你。我盯着头顶，针叶阔叶林交相混杂生长，想了又想，没有说话。我总不能够回答，我在等他，等着他说完了上一句，吐出下一句。

下一句是什么呢？

我们究竟是朋友，还是别的什么关系。每当上海进入冬天，走在路上，总有这样一些脆弱的时刻，我明白我只是想要找一个人，帮我暖暖手，抱抱我而已。海年将眼睛抢向了天花板，头顶有一盏吊灯，闪闪烁烁的，有很多人在冬天的咖啡厅里吃起了芝士年糕火锅。他说，我可能不会赚很多钱，我可能在上海买不起房子，我可能也不愿意去做不喜欢的工作。他说，咬了两口面包，停住了。一个较长的停顿号，感叹号，他推给我一个面包，我摇了摇头。

算命先生说，朱买臣要到五十岁才会发迹。而赵小娘，她只是等不住了。彩云易散，流离难寻。距离她十五岁嫁到朱家，已经过去了十三年。在上海，我曾经几次去听梨园戏，票都买在大中午。从戏院里走出来，整个人摇摇晃晃的，有些犯困，有些晕乎乎的。我问海年，如果你是朱买臣，你还原谅赵小娘吗？

隔着一张长条桌子，在咖啡厅里，一锅炖煮的芝士年糕火锅，几个男孩就这个话题说笑争论。海年支支吾吾的，他是唯一选择原谅的，他说，结发之情……就说到这里，一个逗号。那一年，我们还是朋友，一条若隐若现的边界浮起来，我不好贸贸然问下去。那是哪一年呢？

　　还有一年，冬天的时候，我们一起到崇明岛看鸟。猝不及防地冷到发抖，他脱下那条灰色格子条纹的围巾，慢慢地围到我的脖子上，什么话也没有说。在雾蒙蒙的清晨里，我们等待着鸟起飞的时刻，嘘，五彩斑斓的羽毛，像一个打碎在画布上的颜料盒，他笑起来，一直有少年感，还是当年那个爱吃红糖馒头的小男孩。那一天，在咖啡厅里，他一口气说了一大堆。我说，有什么关系呢？全部，我都是真心实意。我喜欢他，喜欢他的干净，干净透明，忧郁脆弱。算命先生说，朱买臣要到五十岁才会发迹。可是我的愿望，就是做他的结发妻子，我甚至不需要这个五十岁的承诺。母亲说，你真傻啊。

　　母亲幡然醒悟的那一天，或许比那个叔叔消失的那一天要早得多。像买菜一样，那个叔叔将那一团混沌的过往拎了一拎，就拎出了一份清晰的价目账单。为了母亲工作方便，他曾经将自己的旧电动车送给母亲骑，而母亲将它骑到寿终正寝，就不剩下什么了。白茫茫一片，他查看了边边角角，对母亲说，那辆车，要不你补贴我一点钱吧。母亲仿佛又回到了那条河边，她直愣愣地站在那里，这个秘密在她心里扎根了那么多年。来到上海之后，我很欣喜地对她说，在冬天，这里的叶子会落得光光的，如果下了雪，那真是白茫茫一片。几年之后，她第一次来上海，笑着说，这算得了什么呢。母亲对海年说不上满意，也说不上不满意。她只是揪着那个点，他到底想不想结婚？母亲第一次对我谈起父亲、父亲的账本、小红、塑料工厂，以及那个消失的叔叔，也是在这时候。她说，其实想起来，还是挺悲哀的。

　　海年从来就没有习惯过上海的冬天。他鼻子里的毛细血管纤弱，一到冬天就犯鼻炎，鼻子被揉得红红的，他抱歉地对我笑笑。小时候，在公交车上，他的鼻血会直接淌下来。海年的母亲，用一只新买的青白陶瓷碗去接，接满了半碗血，这个画面，一直留在我的脑海里。我不知道到底是哪里出了错，仔细回想着第一次到海年家里的每个场景。她的母亲穿着围裙，站在门厅那里对着我局促地笑，新年快乐，递给我一个喜气洋洋的红包。在厨房里，我和她学做家乡菜，煎一种鲫鱼，做汤，丢入锅中，奶白色的泡沫就泛起来。手法完全一样，煎出来的味道却全然不对，我不知道哪里出了错，海年只是违心地在那里赞叹，虽然不对，却也好吃。或者，淡了，咸了，他都会说刚刚好，我从来没有怀疑过，他是个多么温暖的人。那个冬天的崇明岛实在是太冷了，温度降到零下，回来之后我们都大病了一场，快痊愈的时候，他把我的手放到了他大衣的口袋里，我几乎要哭出来。即使这么些年，等到的只是这样一个模棱两可的表达，可是我牢牢地抓住它，想抓着它，攀缘而上。上面是什么呢？

  有一次，我和范鸿艳相约去看梨园，我坐在塑料板凳上等她，她迟迟不来。我吃完半包瓜子，抬起头，看着天，觉得口干舌燥。夏天太热了，我离开座席去找水喝，并不知道此时此刻，她正落在一口枯井里。她也正抬起头，望着天。圆形井口，像把她抚养长大的那个面碗。刚刚坠落的时候，她说，有一种死亡的感觉，我知道她是夸大其词，毕竟她又没有死过。可是那个口，确实随时都有可能被合上。她说，如果我落到了河里，会有人来找我吗？现在河水退尽，变成一口枯井。海年说，正是由于他失去了一个健康的鼻子，所以所有的感官都在变得异常敏感。那天下午，范鸿艳一个人听着头顶上呼呼的风声，她肯定地说，三番五次，都有成群结队的鸟飞过。翅膀振动带来空气的流动和不安，鸟就在她的头上，也许曾经还有一坨鸟屎落在她的头发上。正午的太阳将整口井烤得越来越干，像化石，像沙漠，而不像清濛这个潮湿的亚热带会生长的什么东西。她没有骨折、中暑、破皮，毫发无伤。换作别人或许早就已经骨折、中暑、破皮了，可是她没有。她被用一根绳索拉上来的时候，居然满面通红，兴高采烈。她一定看到了什么东西，可是她说不清楚。她究竟能够看到什么？一个正在发育的女孩，一口枯井，一个炎热的夏日正午，一个遥远的亚热带城市，还有一出正在上演的梨园戏……

  她问我下午的戏演了些什么，我说我记不得了。我只记得我抬起头，望望天，什么都没有看到，然后起身去找水喝。

  崇明岛东滩上的鸟，在清晨时刻，会有一个集体起飞的动作。绕过一个半月的环形，停下来，踮起脚尖，梳理羽毛。海年举着望远镜去看，很兴奋。他看到了什么呢？我透过他的眼睛去看，却只是白茫茫一片大雾。他说他羡慕它们的轻盈和坚韧。他提到一种斑尾塍鹬，即使随时都有可能葬身鱼腹，还是要在几万里的飞行当中把体重耗尽。他太瘦了，却并不足够轻盈，令自己满意。我总想着，无论如何，要使他再胖一点才好。我喜欢看他吃饭，然后问他，好不好吃。他喜欢卤肉饭的浇头里面要多加一些肥肉，才不会那么柴。于是我多加了好多肥肉，几乎是有点笨拙的，他说这样好吃，其实是太多了。每周末，我们手拉手去一趟超市，在生鲜区，冷柜那里，尤其是夏天，总是要多停留一会儿，像要多呼吸一点冰凉的空气。他的四肢依旧纤细，肚子鼓出来，我却觉得无论如何，总算是有了一点成绩。我们一起负担房租、水电还有煤气，我总是通晓所有超市、便利店和餐厅的打折信息，在这方面几乎具有天赋。他每次出门，总是要捎带点什么东西回来。第二天早餐的牛奶、面包，或者一些日用品。和他母亲一样，他喜欢把什么东西都塞在冰箱里，酱料、冬菇、水果、红枣，各种奇怪的东西。有一次我当着他的面，把花生油也塞进冰箱，我大吵大嚷着说，你看这样好不好。他平静下来，于是我也开始不说话。没过多久，我们都不约而同地笑起来，很多事情，总是有点莫名其妙的。

莫名其妙的，冰箱被塞满，又掏空了。我们分手那天，翻箱倒柜的，我在冷冻室里发现了最后一条鱼。我开了火，煎了它，煎得有点焦。海年说，味道有点苦呢。仅此而已。我明白，到此为止，一切就都结束了。

可是我很想知道，假设那一天，我没有提前去看梨园，不是坐在塑料板凳上嗑瓜子，而是和范鸿艳一起落到了枯井里，暂时离开我所生活的这个世界，整个世界，我会看到些什么？如果我早一点出生，或者晚一点出生，没有刚好落在那个克夫的八字之上。我这个人，会不会发生什么实质性的改变？

海年的母亲委婉地告诉我，算命先生说，我们的八字非常不合。她还是站在门厅那里，局促得仿佛不知道要把手放在哪里好。这个理由有点牵强，她也感觉到了。我只好说，没关系的，我都理解。

这么多年，我们既像朋友，又不是朋友，好多次我都想问他，却欲言又止了。而他的母亲说，我的八字克夫，就是一个完美的句号了。他仿佛可以如释重负地叹一口气，为它举行一个隆重的葬礼。他也可以分辩说，不是他说的，也不是他母亲说的，而是算命先生说的。就像媒人都说的那样，单亲家庭的小孩子，不好办呦。

母亲私底下问我，她那个意思，是不是要加钱？上海的媒人，都是这样的吗？

她拎着一个小黑布包，走得很快，走在前面，像是要把我远远地甩开。一阵风刮过来，母亲轻轻地摇晃了一下，像是没有站稳。每一年冬天我都会对海年说，上海真是个不适宜人类居住的地方。海年就附和我，上海的冬天啊。

那是哪一年呢？

最后一次，我看到范鸿艳，是在她第三个孩子的满月宴上。生到第三个孩子，终于是个男孩。她满面红光地出现在喜宴上，一身红衣，一片红光，远远看过去，像一团肿胀的红。我接过她的孩子，红耳朵，红嘴唇，连睡眼惺忪的眼睛里，也有一片红光。我说恭喜恭喜。恭喜恭喜。

我是真心实意的，酒席是流水宴，第二套房买在市中心，孩子很壮实肥胖。我说恭喜恭喜。

我记得那一年夏天，我和范鸿艳，终于准确找到了阿剑新家的那一扇窗户。我们溜进崭新的小区，趴在阿剑家的门缝上，范鸿艳把手掌摊平，贴近门缝里，她说你感受一下，冰冰凉凉的，是空调没错。那时候我们每天在没有空调的房间里午睡，像烤肠一样，热得汗流浃背。

可是有一次，唯一的一次，门忽然之间打开了。阿剑出现在门背后，望着撅起屁股的我们，愣得哑口无言。感谢上苍，后来我们就都逃走了，没有看到惊讶过后的表情，没有亲眼看到他会说些什么，做些什么。那一部分，是我没有办法承受的，也许范鸿艳可以，但是我不行。

我想起小时候，母亲每次看朱买臣，都要哭。结发妻子又怎么样，父亲还不是鬼鬼祟祟地将那本账本藏在了枕头底下。赵小娘第二次嫁的时候，媒人告诉她，你已经是二手货了。母亲来上海住的那个冬天，瞒着我，给上海的媒人塞了红包。于是媒人松口说，要不我们再放宽一些条件，再找找看。每一年，给父亲烧纸钱的时候，母亲会对我说，来，给你爸爸磕个头吧，让他保佑保佑我们。有一次，还是当着那个叔叔的面，母亲说，让他保佑保佑我们吧。现在想起来，很多事情，真是有点莫名其妙的。

　　于是那一年，当母亲第一次对我谈起父亲、父亲的账本、小红、塑料工厂，以及那个消失的叔叔时，她对我说，不要越过那一条界限。她说的是什么，八卦沟，还是河流？

　　可是实际上很早以前，我就越过了那一条界限。那一年冬天，因为舍不得开一整晚的暖气，空调总是定时。我们温暖地睡过去，醒过来的时候，轮流地从被窝里伸出一只脚丫，来试探气温。海年翻了个身，他不愿意起床，像个小孩子一样，他的身体温暖又滚烫。那样的早上我们总是睡得很晚，也许中午还是会煎一条鱼。我想起他曾经说，当鱼缺氧，觉得鳃不中用了，就会浮出水面来，想要透透气，收收风。而或许就是在这个时候，斑尾塍鹬终于飞得筋疲力尽，于是就掉落下来，接受了自己葬身鱼腹的命运？

　　看着窗外。"起雾了"，我对他说。

　　"是吗？"

　　然后他摇摇晃晃地，站起身来，犹豫了一下，把窗帘拉上了。我再看的时候，整片雾气就不见了。

　　那又是哪一年呢？

女　孩

　　夏天又到了，似乎全城的姑娘都在减肥。到处都可以看见不管多瘦的姑娘，都端着一碗沙拉在吃，或者在饭菜旁边用一盆水来涮菜，涮掉油脂。乔家珊的论文行进到了关键的时候，19世纪畸形秀的组织者巴纳姆使得朱莉娅·帕斯特罗娜成为主角，朱莉娅·帕斯特罗娜，生命当中的偶然事件，往往成为一颗启动按钮，食堂对面餐桌上圆眼睛的姑娘把眼珠转了一转。她把最后一根水涮青菜嚼了两口，扔进碗里，打一个半饱不饥的嗝。中不溜儿，乔家珊在吃一条低卡路里的白水蒸鱼，眼睛鼓胀胀的鱼。

　　阿蕾怀孕了，准确地说，是快生了。阿珊和阿蕾，外甥女和小姨，小时候她们曾经这样瞪大眼睛，学过死人，在她患癌症晚期的父亲身上爬来爬去。那个面目模糊的男人呻吟了几声，阿蕾嘿嘿嘿地笑起来，母亲端着一个乌黑的药盆走进来，下雨了，她说，梦就进行到这里。阿蕾在电话里说，我都快闷死了，你能不能过来陪陪我。

　　她闭上眼睛，一些畸形的身体在她的脑海当中旋转。象人、蛇人、身体多毛的女人、连体女人、拥有巨大臀部的黑人女人……键盘里写到，费内雅斯·泰勒·巴纳姆的美国博物馆1841年在纽约开业，因拥有世界上第一个现代怪胎展览而闻名。而实际上，从很早开始，朱莉娅·帕斯特罗娜就开始在这其中的一间博物馆里演出。需要一个注释：哪一间，从什么时候开始？朱莉娅·帕斯特罗娜，阿蕾的电话又响起来，接起来，说话的人是母亲。她说，简短扼要地，你有多久没回过清濛了？

　　她的论文就像束腰带，她们不明白。实际上，为了看起来显得苗条些，她确实穿了一条高腰内裤，紧紧地箍住卡在这里。你为什么要减肥呢？上次分别的时候，在门廊里换鞋，阿蕾问她，抬起头，用一种故作天真的语气。小姨夫就站在那里，提着她的行李，她的怒气涌到嘴边又被堵回去，因为阿蕾又补充一句，什么时候再回来？

五岁以前，她们都极其噬爱五花肉。准确地说，是我五岁以前，你大概十岁了，乔家珊说，你毕竟是我小姨。还不是你学小姨的，后来你还学她，吃鸡鸭从来不吃皮是不是？母亲说。是吗？阿蕾说，我不记得了，你看我现在什么都吃的。吃烤鸭、乳鸽、白斩鸡，不吃皮怎么行？后来，陶渊明曾经这样问她。母亲还在电话里说，阿蕾怀孕之后，爱上了啃猪蹄，现在皮肤变得特别好。

　　是吗？乔家珊说，有点心不在焉，她在翻找什么资料。1860年，朱莉娅在俄罗斯莫斯科产下一个浑身长毛的女婴。女婴？她突然说，猪蹄的毛很难剔干净的，你明不明白。

　　阿蕾嚼猪蹄的时候，牙如松鼠般利落，玲珑的屁股在椅子上扭来扭去。她是在做梦。还不是台风的季节，但动车到达清濛，第一场台风刚过。她在车上睡了一个长长的觉，阿蕾已经打了好几个电话，她说，我们买车了，康康去接你。她还没有见过怀孕的阿蕾，只听到阿蕾在电话里说，我现在变得好胖好胖，你不要笑话我。她翻了个身，没有再睡着。康康，就是她的小姨夫，站在出站口对着她笑，结束完一段漫长的恋情，阿蕾就迅速地嫁给了他。康康，他的小眼睛无法聚焦，却有着一种和年龄不相称的慈眉善目。她不用问也知道，这辆车子和婚房一样，肯定也是阿蕾父母买下的。她看这个男人的神情就知道，他温顺地和她聊起天，一些话题滑过去，主要都是些她们童年时代的事情，阿蕾对他说过的，他说，阿蕾说的。她很好奇，阿蕾对他说了什么，又有什么没说。

　　那年夏天，阿蕾坐在理发店里，卷着满头的卷发夹，看着她，像是胸有成竹地，其实心里是空的。我就是要晾他几天，看他来不来找我。

　　他来了吗？

　　来了，她在门口喊。阿蕾怀孕的身体一下子出现在了门后。那一刻，她的眼睛里或许有什么东西闪烁了一下，"我现在变得好胖好胖"，她低下头去换鞋，门廊里乱糟糟的。阿蕾用一种很不满意的语调说，你也不收拾收拾。康康就嘿嘿地笑。笑什么呢？她想起第一次见康康，那天中午喝的是鸡汤。他站起身来给每一个人盛汤，阿蕾碗里的是腿，阿太碗里是另一只腿，接下来是阿蕾的父母、他自己……而母亲的碗里，只有一些鸡的碎骨头和碎鸡肉。乔家珊不知道他在刚刚迈入这个家庭的第一天，何以做到如此之精确。她低下头，阿蕾坐在对面，甜甜地抱怨着，我不爱吃腿，然后很自然地拣到了她碗里。乔家珊习惯了。逢年过节只要有什么好菜，母亲就会很着急地，快吃吧。她皱起眉头，感觉一桌子的人仿佛都在看她们母女两个。其实没有，当然没有。

阿蕾的胃口从前很不好，现在很好，吃很多，但无妨，她仍然很瘦。挺着个大肚子，阿蕾穿着热裤、人字拖，在午睡后光线交错的客厅，两条腿像两管长长的白炽灯泡，走来走去，一低头，一转身，晃得她的心里忽明忽暗。乔家珊从青春期开始发胖，也从青春期开始减肥。从她出生的那一天起，她就穿着阿蕾的旧衣服长大。直到有一天，她发现阿蕾的小洋裙紧绷绷地贴在自己身上，和自己的呼吸连为了一体，一呼一吸，腰身像热水袋上的活塞一样，它都会活动。阿蕾没忍住笑了出来，刚才，她应当是忍了一会儿的，因为眼睛还有点红红的。乔家珊也笑了，她把裙子脱下来，扔在地上，然而是用一种很轻松的口气说，算了！

后来她想，或许那时候，她全部都是真心的，事实上，在很长的一段时间里，她从没在乎过这些。父亲去世之后，母亲的第一份工作是在书店里打杂，那时候书店还有很多，挤满了放学的孩子，她饿着肚子，在一堆书中间，坐在冰凉的大理石瓷砖上，翻世界地图，或者旅行指南。世界很大的，她对阿蕾说。阿蕾会在回家之前到这里来陪她一会儿，可是又要马上赶回家吃饭，她是一回到家，马上就有饭吃的人，不像乔家珊，她要等母亲下班，再等筋疲力尽的母亲做饭。可是实际上，阿蕾对这些书，一点兴趣也没有。她咬着一根棒棒糖，盯着天花板，或者从口袋掏出点什么，辣条、果冻或者小浣熊干脆面。乔家珊从不客气，从很小的时候她就知道，阿蕾有的是钱。

第一天晚上阿蕾就把康康赶到隔壁的房间里去了。我们好久没有睡在一起了，阿珊。她们从小时候的故事开始谈起，但阿蕾说起的事情，乔家珊大都忘记了。而乔家珊也提起了几件，阿蕾都摇头。但有一些事情是都不会忘记，也都不会提起的。小时候，老年痴呆的阿太坐在清濛老宅的门口，她一看到乔家珊就喊她过来，然后拉着她的手说，你小姑婆一家对你们恩重如山啊，你长大了要懂得报答。小姑婆是她的亲生女儿，阿蕾是她的亲外孙女。而乔家珊是什么？母亲说，我是她的长孙女。母亲说完之后哇的一声哭了，自父亲死后，那还是头一次，也是唯一的一次。

乔家珊也对母亲说过，世界很大呢，我想到处去看看。母亲说，那你就好好读书吧。这都是老生常谈，但都是真心的。阿太也是真心的，如果没有阿蕾一家的接济，或许乔家珊真的无法顺利长大。除了钱，还有许多呢。中秋节吃不掉的月饼、端午节吃不掉的粽子、亲友结婚吃不掉的喜糖、快要干掉的水果。有一次，乔家珊母亲盯着阿蕾家里的苹果说，这是进口的吗？你都放得要干掉了。阿蕾说，我不爱吃苹果，妈妈还一直买。后来这些苹果被母亲拿回家，用盐水泡了泡。母亲咬下一大口之后说，进口的就是不一样。她哇的一声吐出来，没什么，苹果籽卡住了，她说。

她读博士之后，阿蕾再也不会发表什么对她研究方向的看法了。从前她还会问她，冰心先生是不是男的？或者，雨果是英国人？这都是很多年以前的事了。背靠着背，夏天蚊帐里的空气沉闷无比。阿蕾问她，阿珊，没有男人追求你吗？她的手顺着竹席滑过来，亲热的、冰凉的、一股薄荷油的味道。乔家珊像被烫了一下。关于"丑"的历史，19世纪，在怪胎秀巡回演出中被宣传为"世界上最丑的女人"的，朱莉娅·帕斯特罗娜。期刊审稿编辑对她说，她的亲生父亲，是"一位在森林中研究野生动物的学者"，而不是"一位研究森林野生动物的学者"。这是完全不一样的两个意思，他的语气甚至有点严肃，你明不明白？

这里面一定有什么故事的。关于阿蕾的前男友，她什么也不知道。阿蕾有谈论情感问题的女性朋友，显然那个人不会是她。她只是突然接到通知，阿蕾又恋爱了，是相亲认识的一个军官康康。过了不久，接到一个更加突然的通知，阿蕾要结婚了，没错，对象就是上次那个康康。乔家珊甚至无法确定地想起，当年的那个理发店场景中，阿蕾满心绝望地等待的人，究竟是前男友还是康康。然而阿蕾每年盘查乔家珊的情感问题，阿珊，有人追你吗？阿珊，没有人追你吗？阿珊，难道没有人追你吗？逐年变化，就像一个等差数列。

最后阿蕾终于说了不该说的话，哎，阿珊，那一年来家里玩的那个男孩子，那个台湾的男孩子，是不是叫陶渊明？我上次遇到他了，他还是单身，他眼光该有多么高，到现在都还单身。

你随便遇到一个男人，就上去问人家单不单身吗？

他不是随随便便一个男人，他是你的陶渊明啊。

期刊审稿编辑说，这个"的"字，可以从这里移到那里，或者，要不要考虑直接删掉？"的"字有几种用法，她不明白，她为什么一定要弄清楚这些事情。如果发不了稿子，她很清楚后果是什么。朱莉娅·帕斯特罗娜，他们嘲笑她的选题，其实不是，他们嘲笑的人是她。为什么要选这个题目？在同门面前，她仿佛被剥光了衣服。他们意味深长地瞥她一眼，有些人则会继续盯着她看。阿蕾有两个浅浅的酒窝，憋住笑的时候，那里的纹路就会更加清晰。曾经在阿太面前，她把酒窝憋成了凹陷的锁骨的形状。阿太拉着她的手说，阿珊，阿蕾一家对你们母女恩重如山，你不能忘了，你明不明白？

等回到了乔家珊的面前，阿蕾才开始笑得四仰八叉。阿太已经糊涂了，于是小时候，她们常玩这样的游戏，由她扮演她，她扮演她。只有一次，阿太用她那浑浊的眼珠子瞪着乔家珊，猛地把那只手甩开。走开，她说，你不是阿蕾，你是谁？

你是谁呢？阿蕾抚摸着她的肚子。每天午睡起来，她会跟肚子里的孩子说一会话，有的时候，强迫乔家珊给孩子背几首古诗。她说，宝宝，这是你姐姐，她很厉害，是个女博士，你长大后也要像姐姐一样会念书好不好？因为这话是阿蕾说的，乔家珊听起来并不像是正儿八经的赞美。那一年，乔家珊要报考硕士，阿蕾说，去上海？那么远？你为你妈妈考虑过没有，你的家庭和别人不一样的。到了博士，阿蕾说，哈，你真的要读到灭绝师太吗？

回到清濛她关了几天手机，再打开来，实际上，也没有什么消息。编辑没有再联系她，像是爱要不要她的稿子。陶渊明说，他不想发表东西，也不主动联系编辑，因为他觉得自己写的所有诗歌都不够好。他说话温柔，举止绅士，这些都不重要，重要的是她觉得他说这话时竟然是真心实意的。不过就是几年前的事情，再想起来却恍若隔世。有一次乔家珊没有睡午觉，想再咬咬牙，改一改论文。睡醒的阿蕾悄无声息地走到她的背后，两手搭在椅背上，把身子往前探了探，盯着图片上的朱莉娅·帕斯特罗娜，她倒吸一口凉气，这是谁？原始人类吗？

　　曾经的事情？其实什么也没有。那一年她研究生即将毕业，陶渊明和一群朋友到清濛做田野调查，其实就是旅行。他们在周围的村庄和小城市跑上了一个多星期，其中有几次，她邀请他们到家里。阿蕾对乔家珊说，你们家那么破，不如你让他们到我家来。阿蕾是真心实意的，乔家珊全都相信，她甚至不知道怎么表达她对阿蕾的感激，毕竟她们之间，总不能说谢谢。可是后来一切都改变了，所有人都意识不到究竟发生了什么，除了她自己。阿蕾在第一天就看出了事情的来龙去脉，晚上安顿好所有人之后，她钻进被窝，捏了捏乔家珊的手，给她发送了一条短信，阿珊，你喜欢这个男孩子吧？陶渊明？

　　没有吧，事到临头，乔家珊总是显得笨手笨脚的。这个"吧"字，是顺手多打的，还是它本来就站在那里等她，等着她来否认。组里的每个女孩子都比她漂亮，也比她纤细苗条，而她总是承担这样的角色，抢在别人开口之前，她会先把自己的屈辱或者恐惧，编织成一个笑话。女孩子吵架会想到她，男孩子感到脆弱的时候，也会找她。乔家珊是一个值得信赖的人，一个年轻时结交的温柔的朋友。所以阿蕾在怀孕的最后几个月，一定要她在身边陪她。康康去部队里驻扎的日子，阿蕾需要有人和她一起，对着肚子说话。阿蕾回忆过去的日子，那些少女时代的光荣，需要听众。记忆卡在那年夏天，乔家珊和那一群朋友汗流浃背地从乡镇回来，在门口说说笑笑，按响了门铃。来了，阿蕾大声喊，打开门，门后出现的是一个精心打扮过了的阿蕾。她才发现，在所有比乔家珊漂亮而苗条的姑娘里，阿蕾仍然能够做到比她们所有人都漂亮而苗条。毫无来由地，乔家珊突然想起小时候那一次，阿太把她的手狠狠甩开，她说，你不是阿蕾。人群往前挤，她在最后面，仿佛有点中暑，站不稳。陶渊明停下来等了等她，他说，你还好吧。

　　她心里总是存有一些希望，她说不清它是什么时候产生的。曾经有一次组内谈论到女人的容貌问题，"颜值"，从来不怎么说话的陶渊明，突然之间开口了，他说，长得好看，也不过就是那几年的事情。乔家珊的心里就放起了礼花，为了掩饰，她差点被一口热茶烫到，她以为总有人会注意到她的反应，其实没有，当然没有。

　　其实，并不仅仅只是那几年的事情。母亲说，阿太年轻的时候是美女。她说起阿太的故事，像翻开一本陈年野史。马来西亚侨商最小的姨太太的最小的女儿，亚热带，断档在这里……一个小姐，这些都很遥远，只有阿太的美貌惨白地浮上来。母亲说，嗯，怎么说呢，长得和阿蕾有一点像吧。

　　母亲当然是在胡说八道，毕竟她也没有见过阿太年轻时的模样。在饭桌上，阿蕾的话有些过分地多了。乔家珊回答的是"没有吧"，而不是"没有"。她怎么能忽略这其中细微的差别。实际上，怀孕之后的阿蕾，一丁点儿也没有变胖。当年坐在陶渊明身旁，阿蕾的嘴角边是一圈浅浅的少女胡楂。陶渊明的眼神有点躲闪，所有人的笑声开始远去，成为一堵墙。陶渊明坐在那里，脸颊泛红，为了掩饰慌乱，他夹起一筷子面条，断成几节落在桌上，什么也没有吃到，阿蕾拍着他的肩膀笑起来。

　　在厨房里，阿蕾甚至开始忙上忙下。她对乔家珊家的熟悉程度，远比乔家珊自己要熟悉得多。那么多参加野外调研的同学，紧紧挨挨地挤在尽地主之谊的乔家珊家里，乔家珊曾经答应他们，来清濛请你们到家里吃饭。可是有没有人曾经怀疑过，这究竟是否真的属于乔家珊的房子呢？有人拍了拍她的肩膀，这是谁？姐姐吗？她转过头，太热了，这不是她和陶渊明认识的第一个夏天，然而她从来没有见过他这样。阿蕾穿着束腰小短裤，在陶渊明的面前将身体扭成一个灵活的陀螺，每一招每一式，都像江湖绝学一样，一刀一剑地扎在乔家珊的心里。

　　陶渊明说，你小姨比你大不了几岁吧。

　　对啊，我们是从小一起长大的呢。乔家珊愉快地说。

　　乔家珊是一个值得信赖的人，一个年轻时结交的温柔的朋友。他意料之外地伸出手掌来，重重地拍了一下她的肩膀。

　　乔家珊摇晃了一下，没有站稳。陶渊明回过神来，你还好吧。

阿珊，我替你考察了一下，那个男孩子，陶渊明，要不还是算了吧。

阿蕾或许根本就没有其他的意思。她穿得漂亮体面，忙前忙后，或许只是为了她，帮她挣得面子，就像她把房子借给她，把衣服送给她，把吃不完的东西给她。毕竟她和陶渊明，想想就觉得荒谬。陶渊明是个诗人，而她甚至不知道冰心是个女的。当天晚上，想到这里，两个人背靠着背，乔家珊就扯过被子来偷偷地笑了。笑完了，心情并没有变得更好一些。因为阿蕾轻描淡写地谈起陶渊明，那语气就像她曾谈起其他追求过她的男人一样。"男人都是白痴"，她说。一般以这样的句子结尾。而母亲则会说，"男人都是混蛋"，开始是咬牙切齿，最后竟然也笑了。她们坐在一起嗑瓜子，看着她，要她说什么呢？

她究竟凭什么替她考察呢。

她不会说的，她想，如果她告诉母亲这件事，母亲也会慌张地捂住她的嘴巴。事到临头，母亲会显得比她更加谄媚和懦弱。但她不说，却完全不是出于相同的原因。研究生毕业那年，阿蕾也是用同样的口气，央求她来过暑假。有一天深夜，她被一阵门铃声吵醒，她不记得是在什么情况下，出于何种原因，醉酒的康康出现在门外，东倒西歪地，他用一种复杂的眼神，盯着她看。阿珊，难道没有人追你吗？父亲去世之后，又过了很多年。二十五、二十六、二十七……像一条长长的、黑暗的甬道，每一年都要向阿蕾汇报年龄。阿珊，你今年几岁了？这种关心是一条规则的等差数列。她从来没有询问过她需不需要。蛇都生活在潮湿的地方，清濛自古以来都隶属于偏僻的岭南，亚热带。阿太是一个早熟的女孩子，拥有着让人浮想联翩的美貌，母亲坚称在所有的后代中，阿蕾长得最像阿太，所有人都知道她在胡说八道，乔家珊笑了笑。

蛇要来到地面上，要钻出一条长长的黑暗的甬道。不是那天晚上的那条甬道，她知道不是。第二天他们平静地吃完早饭，康康马上返回了部队，而阿蕾说了很多的话。后来，每年康康去车站接她，总是说，阿蕾说……乔家珊看着汽车后视镜里的自己，在微笑。康康还会当着阿蕾的面夸她，似乎一年一年变得更加漂亮了。是吗？阿蕾仔仔细细地看了看乔家珊，似乎也没有看出什么名堂。

  课题组结题那一次，在酒桌上，陶渊明自己把自己灌醉了。她自告奋勇地送他回去，马上就后悔了，因为在出租车上，他开始放声大哭，哭了一路。身材高大的陶渊明，娇弱无力地倚靠在她的身上，酒味和汗味，还掺杂着夏天夜晚潮湿的味道，她感觉整个世界都在变得若即若离。她心中有过一些微弱的希望，她说不清它是什么时候产生的，又是什么时候熄灭的。陶渊明在诗歌里写，"现在你自身内有这么多的事发生，你要像一个病人似的忍耐，又像一个康复者似的有自信"，这是里尔克的句子，显然他抄得很拙劣。诗评会吵成了一片，陶渊明被拥堵在人群之中，显得很尴尬。或许，曾经让他尴尬过的，后来一直让他痛苦的，是他的才华。微弱的，他说不清它什么时候会产生，什么时候又悄然消失了。写到某个地方，卡住了，不是身体的问题，他又出于什么原因翻开了里尔克？期刊编辑的意思，朱莉娅·帕斯特罗娜的亲生父亲，是"一位在森林中研究野生动物的学者"，朱莉娅多毛的身体，浑身除了手掌和脚掌之外都长满了密而硬的毛。她的父亲，和什么野生动物交配生下了她，然后又抛弃了她？在巴纳姆的博物馆里，在巡回演出中，她被宣传为"世界上最丑的女人"，被带到欧洲，唱歌、跳舞、说多种外语，接受多次公开医疗检查。陶渊明所给过她的，巨大的震动感，后来她在朱莉娅这里找到了。很多次写论文，突然之间，她会潸然泪下。她转过身，对阿蕾说，朱莉娅不是原始人类，如果她早生几百年，或许就不需要面对世人"丑"的指责。朱莉娅的故事充满着漫长的想象，对所有那些曾经伤害她的人，她有没有拿起过什么武器，站在他或她的反面。而真正能够伤害她的那些人，其实也并非出于恶意。19世纪的一种风潮，畸形人甚至能够成为明星。谁说得清楚这其中可能隐藏的错综复杂的故事呢？

  阿蕾说得对，那个男孩子，陶渊明，要不还是算了吧。但是再给她一次机会，她还是会来完成这个仪式。陶渊明半身倚靠在自行车上，乔家珊很愉快地说，我可以问是为什么吗？他愣了一下，中间有那么一小段短暂的空白，然后他开口，像一首诗的断行，我想独身。后来她反复回忆起他的语气，那是一首什么样的诗？是他自己写的吗？还有表情。可是那天晚上太黑了，乔家珊的世界都是黑的，并且在剧烈地摇晃。像老式相机的镜头，如果阿太能够留下一两张相片，她就能够辨别出阿蕾究竟有没有遗传她的美貌，又遗传了多少。

她常常想，如果这个世界，一开始就颠倒过来，由她扮演她，她扮演她。结果会怎么样？像掷骰子一样，概率是均等的，然而一旦确定下来，概率又是百分之百的。她站在陶渊明的面前，等待着被选中，等待着什么样的时机，会被选中？或者她不是她，她是她。

然而陶渊明说，我想独身。

那么她是谁？

阿蕾偷偷地喝掉了一些酒，后来大家都说，这成了早产的原因。乔家珊出门散了个步，等她回到公寓里，阿蕾已经两颊通红，盘腿坐在沙发上，笑眼眯眯地望着她。康康回来过没有？今天不是康康值勤的日子，然而康康事先打过电话，是乔家珊接的，他说今天不回来了。她不好判断。他如果回来了，他们是不是吵架了，又为了什么要和一个足月的孕妇吵架。她不好判断。她们俩面对面地盯着对方看，每当这时候，总要有人跳出来说些什么话，可是她们谁也没有开口。

最后还是阿蕾说，阿珊，我后悔了。

这样的场景太熟悉了，小时候她们争抢别人送来的布娃娃，阿蕾先挑，挑剩了的给乔家珊，然而十次有八九次，阿蕾总要后悔。阿蕾吃鸡鸭不吃皮，她总是丢到乔家珊的碗里。直至有一天乔家珊宣布自己也不吃皮，阿蕾无处可丢，才偶然间吃了一口，从此不再完全抗拒，渐渐喜欢上猪蹄。当然了，这也是一种后悔。可是这些都是无关紧要的，阿蕾的抱怨和苦水要大得多，乔家珊坐下来，做好被淹的准备，她昂起头，保留着仅有的尊严。而阿蕾只是坐在原地嘿嘿嘿地傻笑，把孕妇装外面的小罩衫脱掉，太热了，她说，你能不能帮我把空调调低一些。

阿珊，等乔家珊转过身，她才用一种幽幽的声音说，我值得更好的，你明不明白。

她需要明白些什么呢？她原以为阿蕾会哭，然而没有，她还是坐在原地笑。乔家珊想起阿太临死前，坐在门口晒太阳，从早到晚，常常一个人傻笑。那时候她想老年痴呆原来是这样子的，真可怕。她走路都绕道，那时候她可没有想起阿太年轻时的美貌，一点也没有。阿蕾笑得越来越剧烈，直至俯下身，捂住了肚子。她才发现，阿蕾不仅仅是在笑而已，羊水开始爆裂，液体顺着她的双股流下来，像要急剧脱落的一部分，一个抛物线。她抬起眼睛，脸变成潮乎乎的浑浊一片，伸出手，像一只漂浮的橡皮艇，乔家珊几乎是本能地后退了一步，阿蕾说，救我。

在饭桌上，康康要当着阿蕾的面对乔家珊说，阿珊，你好像变漂亮了。她无法掩饰内心的厌恶，只能低下头喝汤。曾经有过许多次机会，乔家珊都能够说出自己内心真实的想法。阿蕾卷着满头的卷发夹，在某一个遥远的夏天咬牙切齿地说，我倒是要看他来不来。车子、房子、钱，还有阿太遗传的绝无仅有的美貌，实际上，阿蕾只不过是个小姑娘。乔家珊背起阿蕾就往外跑，她有点盲目，不知所措，全然失去了一个女博士的风度。她忘了打电话，忘了第一时间通知康康和阿蕾的父母，甚至就这样背着她跑到大街上，扯着嗓子大呼救命，吸引了一大堆聒噪而毫无用处的中年妇女围上来，叉着腰站在那里出主意。最后，总算有一个好事的出租车司机在路过时探了探脑袋。而一路上，阿蕾只是不停地说，救我，救我。她把手伸过来，从反面握住了她的手，湿漉漉的，像一条在洞穴里穿行的蛇。车厢里充满了腥味，不是血，是身体里流失的液体。司机说，怎么回事啊！怎么回事啊！声音越来越高。母亲责怪她，你这么做将来会落人把柄的，你明不明白？

她不明白，那天晚上，她为什么没有推开他。她问自己，她爱的是陶渊明，还是站在对面的，曾经看到过的，另一种可能性。阿蕾哭着说，我值得更好的。然而时光倒流，如果她在第一次见康康的时候，就指出那一碗鸡汤里的问题，或许阿蕾仍然会哭，仍然会对她说，阿珊，我值得更好的，你明不明白？除非有一天，她也变成了乔家珊的母亲。"男人都是混蛋"，这不是结束语，紧接着，她会低下头，她说，这就是我的命。

乔家珊坐在医院的蓝色塑料长椅上，有很多人向她走过来，他们经过，或者停下来，对她说话。她时而点头，时而摇头，时而又点头又摇头。有几个人怒气冲冲，有女人在哭，大多数人则沉默不语、原地踱步。有人拍了拍她的肩膀，甚至还有人摸了摸她的头，有一个人向她走过来，被别人拦住了。她抬起头望了望他。

他是谁？她好像从来就没有认识过他。

关于阿蕾早产的原因，尽管有垃圾桶里的空酒瓶作为证据，然而实际上，还是众说纷纭。如果只是喝一点酒，没有酗酒，倒不至于早产。医生看了他们一眼，而他们看向了她。她，或者康康，一定有一个人是引起她情绪起伏波动的原因，她站在那里，不知道自己应该说些什么。然后康康走过来，搭了一下她的肩，很快地说，我走的时候她还好好的。然后他们都看着她。

她明白，错过当下，她可能再也不会有否认的机会。可是她咬着嘴唇，就是什么也说不出来。也许阿蕾有一天会偶然间听到，会发现，甚至会想起某些模糊不清的细节。比方说，自从乔家珊开始处理每天中午做汤的猪蹄之后，猪蹄上就总是会有残留的毛，这既无益也无害，只会加重阿蕾恶心的妊娠反应。乔家珊是懒，粗心，还是觉得有趣。现在，"有趣"这个词让她觉得毛骨悚然，尽管阿蕾什么事也没有。

如果情况颠倒过来。她是她，她是她。阿蕾会不会也懒洋洋地留下几根毛，来作为一个富含情绪的小把戏呢。其实她开始不吃皮，是因为有一次在生物课上，用显微镜看到了动物皮毛上浓密生长的毛发，她恶心得大吐了一场。在此之前，她都开开心心地吃下阿蕾拣到她碗里的皮，母亲说，这是营养，是胶原蛋白。当年她从没有怀疑过。有几个人走过来宽慰她，刚刚哭泣的那个女人反反复复地询问进出的护士，生没生，生没生。像复读机。生没生。

直到她听到另一个像是完全不认识的人说，生了。也像复读机一样，大家又重复了一次，生了。阿蕾生了个女儿。

可是人群依旧没有散去，护士又戴上了口罩，走进手术室。她有点惊诧地盯着这一切，那个女人又哭了，她是谁？阿蕾的母亲？还是自己的母亲？

有那么一会儿，她觉得她像是阿太。

她转过头来盯着乔家珊看，阿太问她，你是谁？她本能地后退了一步。其实她没必要怕她的，她已经老得皱成了一团。恍恍惚惚地，乔家珊坐在那里，每当有重大的事情发生，她都会有一种恍如隔世的感觉，好像漫长的午觉过后，梦还在延续，潮潮黏黏的梦。周围的人，表情都在变得丰富，她愉快地看他们，像小时候坐在书店冰凉的地板上，看地图猜地点。阿蕾说，你好无聊。乔家珊从内心深处鄙夷过她，因为她不明白世界有多么大。乔家珊曾经想过，她们都是阿太的后代，多多少少，总会有一点遗传的吧。高而圆滑的额头，粉色有雀斑的皮肤，夏天的时候胳膊下的毛发都浓密地冒出来，脖颈上总是围着一圈汗水。直到有一次她看到阿蕾在剃毛，她将一只大腿撩开，抬起来搭在水池子边上，腿上覆盖着一层白白的泡沫，不仅是腿，还有脸上、脖子上和衣服上，溅得白泡沫飞来飞去。她笑起来，一边笑一边皱眉头，好疼哦。好疼。这就像她痛经时的表情，那时候乔家珊还不明白什么叫作例假。她占用了一整个卫生间，地板上到处都是泡沫，乔家珊洗不了头，她只能等。汗水密密麻麻地爬满了阿蕾的额头和脖颈，下午的阳光照进来，她看着她，她明白，她永远不可能那么漂亮。

很显然，她不是她，但她同样也不是朱莉娅·帕斯特罗娜。1859年，一个叫达尔文的男人发表了《物种起源》，他毫不知情地影响了朱莉娅·帕斯特罗娜。通过人的身体可以解读人的性格、优劣、等级、命运，他们认识吗？同一年，朱莉娅和养父结婚了，在达尔文剧院里，在祭坛下，当宣布他们结为夫妇的那一刻，她露出了温和而宽容的微笑。养父把她打扮成印第安小丑在街头表演，或许在很长的一段时间里，朱莉娅的表演成为他们唯一的经济收入，直至她最后进入巴纳姆的博物馆，成为畸形人明星，养父娶了她。然而她隔年就死了，没有死于难产，而是无法接受女儿的死亡。一个挣扎了三十五个小时后死去的女儿，她从她的阴道里爬出来，浑身上下，和自己一模一样地，长满了浓密的毛发。乔家珊想象着朱莉娅那一刻失魂落魄的表情。不知为什么，画面切换到母亲的脸，她低下头说，这就是我的命。

可是她还是会痛苦的吧。她和陶渊明又做了许多年的朋友，他继续单身，像很多其他的朋友一样，消失了又出现了，直到阿蕾对她说，我看到陶渊明了，他仍然单身啊。那天晚上，在昏暗的摇晃不停的镜头里，陶渊明愣了一下，然后说，我想独身。在那一个漫长的停顿里，或许他全部都是真心的。乔家珊为什么不能够就这么让它滑过去，她不知道当阿蕾走出手术室之后，还会不会记得酒醉后的场景。会不会仍然要她救她。

她会救她。因为乔家珊性格温柔，对每一个人都非常友善。当然，有的时候是真的，有的时候是假的。然而，一定要分得这么清楚吗？陶渊明问她。他不承认自己的抄袭，眉毛拧成一团，显得很痛苦。另外一次，他在她面前哭了，他说，你真的觉得我能写诗吗？

她躺下来，躺在医院的蓝色塑料长椅上。病房里传出一阵骚动，所有的亲戚朋友都围了上去，只剩下了她。经过刚刚剧烈的奔跑，她很累，然而眼睛睁得大大的。一些模糊的声音在她的耳边响起来，有点困，她仍然强撑着眼睛。不知是谁贴着她的身旁在走，脚步声渐行渐远。过了一会儿，一切都安静下来，像在水中。她想起羊水破裂的那一幕，新生儿都在安静的水中，然而当世界开始变得喧闹，他们就出来了。

有一次他们去游泳，那是好几年之前了吧？在水下，她偷偷换了一个有度数的、不会起雾的高清的游泳镜。她看到他的身体，还是会有欲望，会挣扎，会想到那个受辱的时刻。她咬紧牙关，浑身颤抖，默默忍受着这整个世界的动摇。然而他一点也没有发现，走过来，要性格温柔的乔家珊教他游泳。

他太笨了，四肢修长纤美，却完全无法协调。游出去，屁股一拱一拱的，像猪吗，可是他又瘦又白，毛发细长，更像一只白斩鸡吧。隔着高清泳镜，皮毛在游泳池里苍白得通体透亮。羽毛在扑棱时掉落，在深水区警戒线上，他高大的身体开始挣扎，楼梯上的教练朝他吹口哨。乔家珊潜入水底，飞快地游向他，接近他，托起他的一只手臂，他的手掌软绵绵地搭在了她的肩膀上，摩擦着她的身体，冰凉的，那种滚烫的感觉已经消失不见了。他气喘吁吁地说，幸好你来救我了。

她看着他，他还在咳水喘气，现在他们离得很近。她能看到他紧张的时候，单眼皮上的褶皱叠成了三眼皮，看到他的鼻孔一张一弛，毛孔里都是粉红色的颗粒物。他恢复过来，现在能够更清晰地听见他讲话。他在解释刚才的状况，不是因为他的原因，他说，有一个人撞了过来，那蛙泳的矫健而肌肉发达的腿，直直地蹬向了他，他指着自己的背，用语言加上手势，也许还有一些情绪激昂的语气词。她看着他，他的话都在周围的空气里飘走了，她不太明白他在说些什么。那天晚上，在扑朔迷离的摇晃的路灯下，她很快地说，我可以问是为什么吗？他停顿了一下，中间有一段空白。其实在那一刻她就明白了，她从来就没有走进过他的世界，甚至从来就没有认识过他。

真实的情况是，后来他们又做了很多年的朋友。那种宽宏大量一开始是假的，到后来就变成真的了。康康和陶渊明，其实都是一样的。在昏暗的灯光下，他们是一个整体，走进来看，他们是一个个分离的部分。

陶渊明又游开去，他勤奋地练习腿部的动作，然而这一次她没有追上去，性格温柔的游泳教练乔家珊，受人信任的朋友乔家珊，没有尽职尽责地跟着他，只是停留在原地。他没有回头，没有发现，会不会又不知不觉地游向了深水区。夏天的游泳池里有那么多分辨不清的身体，陶渊明很快就消失不见了。像他突然之间出现时一样，她想起第一次见他，他说，我写诗，却并没有带诗集过来。她在情感最剧烈的时候，背诵他的诗。他反反复复地说，每个人都是一个病人。其实都是些愚蠢的句子。

她躺下来，在等待阿蕾走出手术室的片刻，开始尝试着去思考一些事情。关于那篇没完没了的论文，也许她可以试着主动给编辑发一封邮件，她在考虑合适的措辞，如何表明自己愿意竭尽全力地修改而不显得卑微。尽管这样的事情她从没做过，但那其实没什么要紧。也许她该向阿蕾进行一次忏悔，不是关于康康，那没什么要紧，而是关于她和母亲。她们曾经私底下为阿蕾的婚姻而窃窃私语过。很多次，她们为了某件琐事吵架，然后不经意间聊起阿蕾，聊着聊着就能够温和地看向彼此。还有她，一边接受阿蕾的馈赠，一边扯过被子来捂住嘴，偷偷地嘲笑她。乔家珊知道自己总有一天会故伎重演，可是这不要紧，她仍然要道歉，不管有多少是真的，有多少是假的。

不要紧，她对自己说。

她站起身来，理了理头发，准备走进产房去。她确信自己听到了婴儿的哭声，尖厉清脆，一个女孩，一个新的身体。她想阿蕾一定会双眼湿润地看着她，产房里充满着温情脉脉的气氛。然而已经有什么东西彻底地发生了改变。

她想起少女时代的阿蕾问她。他来了吗？

她多么希望她曾经那么回答，他没有来。他不会来了。

腊 八 粥

一

　　五月的傍晚，已经六点钟了，天才恍恍惚惚有些要暗下来的意思。街上是面无表情的行人，开车的开车，赶路的赶路，那一股人流汇集又散开，散开又汇集，扭曲成一个奇怪的形状，像极了如今时兴的儿童转盘。饭点到了，灶火生了，媳妇儿开了厨房的灯，丈夫开了客厅的灯，于是万家灯火，一盏、两盏、三盏……错落有致地亮起来。那灯光下的人看你，你看那灯光下不真切的世界——婆婆、公公、丈夫、孩子、媳妇如鱼般穿梭不止，演绎着人生的戏码，看似大同小异，却又迥然不同……你收了目光，仍旧面无表情，继续赶路。

　　陆小依就是那灯光下、厨房里的媳妇，她每天在这里忙来忙去，感觉好像已经过了十几二十年，就想，媳妇儿什么时候能熬成婆，想啊想啊……安安就猛地大哭起来，把外面的客厅捣鼓得一阵又一阵轰隆隆巨响，于是她拿上锅铲冲出去，看到眼前这个孩子，还光着屁股坐在地上，泪眼婆娑地看着她，她只得深深叹气……

　　陆小依最近老有出神的时候。比如她现在在炒菜，虽然动作娴熟，黄瓜还是茄子、肉丝还是肉片，全不费功夫，切得周周正正、妥妥帖帖，在油锅里炒得轰轰烈烈、有滋有味，但是，她的心思全不在上面。她的思想暂停了，她的心跳消失了，它们脱离了这个正神采飞扬摆弄菜刀和锅铲的肉体，在雾气弥漫的厨房里，在雾的水分子中调皮嬉戏，你一伸腿我一拧胳膊，那晶莹的小椭圆体就伶伶俐俐地破了，滴到陆小依的脸上，她抬抬眼，看着这水珠，好像瞬间活过来一样，感到一种冰凉畅快。这闷热的厨房好像一个用焦油烟烘成的桑拿房，与外面清爽而电视嘈杂的客厅隔成了两个世界。

门外有钥匙钻孔的声音,是丈夫高建新下班回家了。她听到他在门廊里换鞋,扭头想看看接下来的动静。那扇玻璃推拉门早已被水雾浸湿,现在望过去一片模糊,只有一些隐隐约约晃动的影子。恍惚中她看到高建新推开门,他自然地靠着门站着,他瘦了好些,身材又高又笔挺,脸上荡漾着盈盈的笑意,胡楂短短的、刺刺的,像刺猬的毛,空气中有暧昧不清的味道,他走近、走近……直到意识到这是焦味,陆小依才迅疾伸手"啪"地一下关掉了煤气,一切都真实了,一切又都不真实起来。厨房里空落落的,三十五岁的高建新在客厅里,三十五岁的陆小依在厨房里,三十五岁的陆小依心里活着二十五岁的陆小依,所以她看见了二十五岁的高建新。

二

如果说二十五岁以前的女人是漫山遍野的烂漫鲜花,再怎么普通,只消抹上一点红,便没有不美的道理;那么二十五岁以后的女人就像那干花、绣花,再怎么粉妆玉砌、倾国倾城,也只剩下往日繁华的模糊影子,是死的、破败的、枯萎的、一点点被腐蚀掉的美。女人的生命就是从江南小镇到西北大漠的路途,不论是坐飞机坐火车抑或步行,逃不了的,是那越走越荒凉的宿命。

陆小依二十五岁之前,是漫山遍野的野玫瑰。她那又白又饱满的皮肤,浑圆的手臂,挺拔的胸脯,还有那常穿的纱裙,走一下、跑一下、动一下,裙摆就不听话地抖动起来,清脆动听地,抖落一身青春的味道。那青涩而又香甜的味道,是春天田野里绿茫茫的草地,好像长到了她的身上,是她乌黑飘逸的头发。也好像长到了谁的心里,毛茸茸的、痒酥酥的——比如高建新。

那时高建新眼中的陆小依,是顶美的。瘦削脸,小鼻峰,外加一双清炯炯的大眼睛,如出水芙蓉、天女下凡。他是文学青年,自封为"校园诗人",他就没日没夜地,给这个真实的、虚构的、真实加虚构的女神,写没完没了的情诗。如果他不是那么羞怯,直到后来才将部分诗在陆小依那陆续发表,那么网上那个十六万字情书男也不会红了,因为这些事,高建新早在十年前就做过了。

高建新做的还不止这些呢。他深知陆小依刮起的风的威力，绝不可能只吹乱了他一个人心里的春水。只是写诗这殷勤太轻，心到了情意没到，情意到了心也未必到。你别看他沉默寡言、呆呆傻傻，大智若愚这句话，看来也不像是空穴来风。果然，最后，在众多追求者中脱颖而出的是高建新，是他，娶了陆小依。

恋爱的日子是美好的，陆小依每每想起她当初和高建新在一起的日子，就好像品味从地下挖出来的陈年红酒，自有一份历经年月的醇香。但毕竟是从地底下挖出来的，时日久了，那股土的霉涩味，似乎也不能避免。于是，后来陆小依竟惊奇地发现，当年，自己好像从来都不曾仔细看过他的脸。每次他出现，要么跟着一辆古色古香高大帅气的自行车，要么就是恰好有一缕阳光，照得他脸上生出一种异常耀眼的奇异光芒。陆小依跟着他，就好像手握一束光芒，常有气喘吁吁、头晕目眩之感。夏天，他们坐在小树林里，高建新不胖但怕热，常要冒汗，陆小依就拿纸替他拭，一边拭，一边闻到那汗水的腥臭，像一种野性的滋味，钻进她的鼻孔里。她脸一红，钻进月光下，钻进高建新的胳膊枕里。冬天，陆小依就拿出传家的拿手绝活，用小火耐心熬出一锅材料丰富的腊八粥，给高建新送去，看他狼吞虎咽，吃个精光。甜了、淡了、稠了、稀了，从没有一句挑剔的话。只是用热气，温柔地揉搓着她冻得红通通的手。

他们就这样走进了婚姻的殿堂。高建新追她一年，恋爱两年，结婚两年怀孕，生了个大胖小子，叫安安，长得跟爸爸一个模样儿，爷爷奶奶外公外婆的心头肉儿。

这是一个典型的中国家庭，也是一种典型的幸福方式。人们看到他们，都纷纷说出这样典型的话："夫妻俩多恩爱啊！""孩子多可爱啊！""这家人多幸福啊！"

陆小依的回礼也是典型的，笑得她梨涡乱颤，一边还要客气地说："哪里，哪里！"

三

饭做好了，陆小依高声叫唤了好几声，高建新才慢吞吞离开电视来到饭桌前。安安却学着他爸爸的样子，腆着肚子，两手后交叉，慢慢地一步一步，踱过来。陆小依看着儿子，又好气又好笑，按捺下那声还未出口的咒骂。

安安吃饭的时候，也在那里瞎闹腾，夹起一口菜，又放下，在汤里搅来搅去，数着饭粒儿，一口、两口……高建新似乎忍无可忍了，他把儿子赶下了饭桌："去吧，去吧，一会儿让你妈喂你好了。"他说这话的时候，语气平淡、神色自若，甚至没有抬眼看一下陆小依。好像，这是她的本职工作，好像洗碗、做饭、带孩子，是她与生俱来的职责，而他，只是好心提醒了一下。

她想，这实在是无法可想了。她看着他吃饭，怎么越看越像一个老头子，年轻时那一举手一投足的魅力都到哪儿去了。他夹起一块荔枝肉，左看看，右看看，还要再放回去裹一层番茄汤汁，连肉一起吸进嘴里，才算畅快。嚼青菜的时候眉毛拧成一整股儿线，还要嫌它不够嫩。喝汤的声音那是"吱溜吱溜"地响，末了还要用舌尖轻轻舔舔沾在碗边的肉末。陆小依怀着一种五味杂陈的心情看着他，她想，这实在是无法可想了。

唯一和年轻时相同的是，吃饭还算利索。高建新三两下吃完了饭，就跷起二郎腿，拿根牙签，叼在嘴里，跟叼根烟似的，悠然自得地坐着，还不时把腿抖来抖去、摇摇晃晃的，叫陆小依看了心烦。

他说："过几天大学同学会，你去不？"

她说："不去。去了也是丢人。"

他有些不高兴了："你老公大学教授有什么好丢人的？"

她冷笑两声："你什么时候评上的教授我怎么不知道。"

他有些难堪，叹口气："总之，我们俩至少得去一个，我那天要到外地出差，你早知道了。"

"反正我不去，我一个人去成什么样子。"说完她就收拾了碗筷，进了厨房。

"你这个女人，你……"高建新在背后嘀嘀咕咕，声音高高低低、起伏不平。

照例又是一晚上的家务劳碌，日日如此、年年如此。结婚七年，照理说，她早该习惯了。但是近段日子，自从二十五岁的陆小依在她心中活过来之后，她总有些愤懑不平的意味。想想以前，刚结婚的时候，高建新会帮着她一起完成这些。特别是她怀孕以后，活像个指挥千军万马的司令，让高建新上蹿下跳，忙得不可开交。可是如今，日子久了，物非人也非了，很多事情，浓了又淡了、淡了也就没了。陆小依打扫地板的时候，越来越觉得自己像那个吸尘器，外表光鲜亮丽，内心是吐不出的委屈。

只有睡觉的时候，天黑了，灯暗了，万籁俱寂，高建新的存在只剩下身边那缕时断时续的呼吸时，陆小依才能够平心静气地去感受她丈夫，一一想起他的好来。他身材高而且壮实，一张方方正正说不上好看或难看的脸。并且，他是大学讲师，有体面的职业和稳定的收入。逢年过节那些络绎不绝送礼的家长，还要握着她的手，恭恭敬敬地叫她一声"师母"。这是高建新所带给陆小依的，陆小依还不满意吗？其实，无所谓满意，也无所谓不满意。

她困了，她想睡了……

但实际上，她怎么也睡不着。她想起曾在某本书上看过，夫妻俩的生活有两个世界，客厅和卧室，意思就是旁人能看到的和旁人看不到的。那时她还不满二十岁，看到这句话就只顾红着脸扑哧一笑，现在想起来，却有一种严肃的意味。身旁的高建新开始打呼噜了，"嗑……嗑……嗑……"，声音并不大，但声声戳到陆小依的心里。她厌恶地皱皱眉，想着他们夫妻的夜晚，一个闷头打呼噜，一个呆呆看天花板，这样的日子，有多久了？多久他没有碰过她？甚至有一次她对他说我们要个女儿吧，他只是懒洋洋地摸她两下便昏昏欲睡，比起新婚如胶似漆的日子，他们彼此之间，好像再也提不起兴趣。

结婚七年，痒了吗？

四

陆小依是打定主意不去同学会的，但她不是个意志坚定的女人，班长的三五个电话一通狂轰滥炸，她就妥协了，她说："好的，告诉我具体时间和地点吧。"

她本以为，自己这样被郑重其事地请来，或许会受到热烈欢迎。可是她错了，整个同学会上，那些政府官员、银行高层、商界精英口若悬河、夸夸其谈，根本没有她陆小依——一个小学语文老师插嘴的份儿。她孤零零地坐在酒桌的一边，吃几口菜、喝几口酒水，很有些百无聊赖的味道。环顾四周，往昔的闺蜜，没有一个出席。离婚的离婚了，没离的正在离，老公出轨的出轨了，没出轨的——就像她一样，过着像模像样、人模狗样的生活。她们的心思，或许与陆小依是一致的——"不去。丢不起那个脸。"看来，我算有勇气的了，陆小依苦笑着。

她刚这么想，马上又后悔了。因为柯以勋一屁股坐到她身旁来，大杯大杯地灌酒。她看着这个男人，想起所闻，目光中充满了同情的味道。妻子外遇和他离了婚，还带走了儿子，现在，他什么也没有了。同是天涯沦落人，相逢何必曾相识，但相比之下，他可怜多了，自然也来得更有勇气，也更应多获些同情。

陆小依不禁低声安慰起他来，她一边说出温润暖人的话，一边动情地回忆起大学时代的这个老同学。他叫柯以勋，几乎所有女孩子都知道。因为他高大帅气，面容如刀削斧砍，笑容像阳光一样明媚；也因为他是篮球队的主力，在场上呼啸生风，无往不利，充满魄力。当年的陆小依，也暗恋过他，偷看过他，也许还偷偷写过情书……想到这些青涩往事，心中有甜蜜之感，陆小依微笑了一下。柯以勋看到陆小依的笑，以为是鼓励，也笑了一下。

菜陆陆续续地被端上来，两人却是越谈越欢、越谈越深，碗筷也不动，只顾喝酒谈心。婚姻这泥潭，同时陷进去的人，偶然遇见，难免会有一见如故、同病相怜、相见恨晚的感觉。婚姻、家庭、妻子、丈夫、子女，他们在这个似乎不太合时宜的场合，滔滔不绝地倾吐着心中的怨言与不平。陆小依或许是喝高了,她开始神志不清起来,当着一个外人的面,情不自禁地一条条数落起丈夫高建新。"我们可能已经不相爱了。"说完这句话,她双手捂面,几乎要哭出来,柯以勋温柔地按着她的手:"一切都会好起来的。"她看着他的眼睛,沉醉于那种清澈忧郁的目光中。宴席似乎没有散的意思,既然两个人在角落里被人忽略,就先行离去。他们喝了很多酒,陆小依觉得体内发热,就提议散散步。于是,他们穿越了灯火辉煌的宝龙城市广场,穿越了整个在夜晚中休眠的群升白马郡楼群,一路向白马河走去。

初夏的天气,空气里弥漫着花粉和植物生长的气息,河边的柳树茂盛地生长着,树叶也在沙沙地响。远处,一艘游船式样的餐厅,挂满了霓虹彩灯,在河中闪烁,附近的空气里有让人迷惑的暧昧不清的味道。两人都喝多了,体内有一股热浪在翻涌,忽然之间,他抱住了她,亲吻了她。她有些猝不及防,被他抱得紧紧的。他留着放荡不羁的胡楂,穿着随意的衣裳,这种潦倒的味道和野性的气息进入了她的鼻子和头发里,她有些眩晕,她觉得身体更加热了,有些半推半就。她有一种本能地想要拒绝他的想法,她不能、不应该,也没有理由,在这里,和他……但她似乎已经失去了力气,失去了清醒的意识,她推不开他,他让她想起了二十五岁新婚之夜的高建新,他给她带来一种蓬勃的、新鲜的男性气息,让她暂时忘却了眼下死气沉沉的生活,暂时变成了二十五岁的湿润的陆小依。

他们吻了很长时间,互相之间,欲望的潮水在迅速地浮起来。她感到身体在膨胀,像受热的某种东西,皮肤战栗着,有一种冲破了某种禁忌的欢欣,陆小依瞬间从贤妻良母变成了一个疯狂的女人,一个不清楚自己在突破什么底线的疯狂女人,直到手机铃声响起,她突然猛地惊醒过来,推开他,一个趔趄后退两步,甚至来不及扇他一巴掌,说些振振有词的话,就仓皇狼狈地跑走了,衣衫松开的扣子使衣领在风中飞舞……

陆小依回到家,整个房子空荡荡的,丈夫出差,儿子在公婆家,就只剩下她一个人了。一路在出租车上,她感到体温在逐渐降低,现在到了家里,她甚至觉得有点冷。她抓一件外衣披上,不开电视不开灯,在漆黑一片中,呆呆地坐着。时钟嘀嗒嘀嗒走到了十二点,声音分外刺耳……

她不知坐了多久,才想起自己该洗个澡,于是走进浴室,开了灯,在暖橙色的灯光下，解开扣子，松开皮带，一件一件，脱去衣衫。脱完了，她忽然静止不动了，充满好奇地盯着镜子里自己的胴体，从来没有细看过，如今看到，一时百转千肠。老了，的确是老了，不是吗？岁月，原来是这么个玩意儿。她看着自己的皮肤松弛无光、褶皱丛生，身材臃肿发福，赘肉一点点爬上肚皮，乳头由红变暗。她忽然醒悟到，为什么老公嫌弃自己了；她也忽然觉得，自己也开始嫌弃自己了。七年之痒，岁月之痛，她明白了，二十五岁的陆小依已经死了，而三十五岁的女人，是风中的一朵枯萎的凋零的残花。

她忽然放声大哭，一针见血的，不是这些日子的委屈与心结，而是今晚的顿悟。她哭得那么热烈，那么爽快，以至于像是要把满肚子的愁肠恨意一吐而出。她的哭声惊动了方在阳台上悠闲踱步的邻家小猫，只听它惊恐地一跃，跳回老巢，却撞翻了一株盆栽，噼里啪啦地掉下楼去，引来楼下气势汹汹的连串咒骂，此起彼伏、热闹非凡。

这些动静不可谓不大，但陆小依就是旁若无人地哭啊，哭啊……好像世界只剩下了她一人，好像除此之外其他都无足轻重，好像她已一无所有。

女人啊，女人……想起高建新的话："你这个女人。"

五

俗话说，成也萧何，败也萧何。很多事情，有开始的一天，就有结束的时候。很多作家，常把日子比作白面粉，此话不假。但日子虽说像白面粉，面粉却可做馒头、大饼，也可做饽饽、面条；可弄甜和咸味，也可尽情加辣。生活不就是这样？尝尽酸甜苦辣、五味杂陈的滋味……

半年后的陆小依，日子平淡如水，仍然每天做饭、上班、带孩子，仍然每天和老公拌嘴，仍然是名正言顺的高太太，只不过，时间带来的伤口，时间也自有办法抚平，她在这平淡之中，体味出了平淡的滋味。

娘家母亲打电话来，嘱咐她今天是腊八，一定要煮一锅地地道道的腊八粥。她妈妈是北京人，北京的腊八粥名扬四海、最为讲究，陆小依的手艺就是她一手调教出来的，因此，她对此总是津津乐道。

"用小火,不能贪懒用大火,否则我不吃。"年纪大了,老太太越发唠叨了,也越发泼辣了。

陆小依唯唯诺诺地应着,挂了电话,开了火,从冰箱里一件件取出食材,收拾干净。米、胡萝卜、青菜,为不可少的三宝。此外,还有花生、红枣、木耳、莲子、白果、豆腐,以及各种干豆谷物。所谓"五味调和,百味香"。煮粥之前,要把油加热,再放米炒过,随后将炒过的米放进热水锅里煮。芋头、皇帝豆等食材,也是要先炸过,才能现出那又香又酥的味道。然后把全部食材倒入锅中,就得靠火候的功夫。大火易熟,但食材接触不够,难以入味,且极易过于黏稠;小火慢烹,是费时间、费心思的功夫,守着锅边,不时搅动几下,看那锅里轻盈吐出的层层气泡,使各种食材在漫长的时间中相互融合、熟透,色彩逐渐鲜明,才能做出一锅芳香满溢、味道渗入骨髓的腊八粥。

每次做腊八粥,陆小依就会想起当年……腊八粥,似乎已成了往昔美好青春岁月的象征。可是当年的陆小依,做起粥来手忙脚乱,不是芋头焦了就是小米炒糊了,不是水放多了就是煮太稠了。哪像今天的陆小依,娴熟有度、一举一动、收放自如,岁月,还是有岁月的好处。不一会儿工夫,腊八粥就炖在了灶上,芋头是酥的,小米是香的,水是适宜的,一切都是那么妥妥帖帖、恰到好处。

午后的阳光照进来,虽然是冬天,但这阳光似乎抬高了气温,照得人毛孔舒展,身上暖烘烘的。四周安谧寂静,只有间歇睡午觉的呼噜声与阳台猫儿的轻声踱步。城市的喧嚣远远躲在了另一边,人们都生活在这样宁静明媚的阳光中。陆小依开了小火,守在旁边,一歪身坐在靠背椅上,微微闭了眼,独自悠闲地享受这一下午的大好时光……

小火慢烹,锅里扑噜扑噜地响,香味隐隐约约地在空气里酝酿。陆小依笑了,心中有一阵懒洋洋的舒坦感觉。婚姻,不也和这腊八粥一样,需小火慢烹,需耐心守候,说到底,也是一个日久天长的功夫……

蓝色脂肪

　　我拎着两个保温瓶、一块毛巾，走在一趟伟大的征途之上。

　　晚自习铃声刚刚打响，地理老师目不斜视地从我身边走过，然而他还是回头看了一眼我的袋子，一无所获，我低下头，隆起的上腹部造成视线无法逾越的阻隔。

　　二楼的尽头有木屑掉落的声音，风吹得整排的通风口啪啪作响。我的老朋友躲在失修的木门之后费力咀嚼，才吃晚饭吗，我招呼道。晚上七点钟，女生浴室，幽暗处情意绵长。

　　我用热水擦拭掉身体最轻微的碎屑，光着身子走动。全身的脂肪随着衣服的脱落畅快奔流，她们像调皮的孩子，自由奔跑，攀缘着身体甩出流线起伏的各异形状。身体熟透了的果实喷薄而出，沉甸甸地坠在枝头。流水线上生产的钢圈无法抑制她被采撷的愿望，我的小乖乖正在可怕地醒过来。我的小乖乖，我的宝贝，柔软潮湿，像一片退潮过后的沙滩。

　　我需要一个这样听起来丧心病狂的世界，半个小时，凝聚一生的念想。晚上七点半，我仍旧会乖巧地坐在教室里，将那个神秘的袋子掖在上腹部之下，安全、干燥、温暖。你看，我与你们，并没有什么分别。

　　中午吃什么？母亲在厨房里问我。她的声音隔着沉重的雾气，听起来模糊不清。

　　问你怎么不回答？她转过头来。

　　我盯着客厅里的镜子，它静静地伫立在居心不良的位置，母亲颈部以下的肉叠成了三层，密密匝匝几乎失去了生长的空间。然而还能流畅地说话，我想。

　　我猛地一激灵，我看到自己的影像与母亲重叠在了一起，线条、纤维、纹理，无限接近，多余的肉朝着一个榜样的方向奋力生长，那种来自遗传深处的神秘力量难以抗拒。身体游离在镜框之外,起伏波动如影随形。宫保鸡丁、清蒸鲫鱼、凉拌木耳、清炒菜心、五彩酸辣汤,这是历史性的菜单,她满意地微笑了。心如明镜,然而还要问我,仿佛这是一个仪式。

中午吃什么?

晚上吃什么?

早上吃什么?

吃什么呢?

宫保鸡丁、清蒸鲫鱼、凉拌木耳、清炒菜心、五彩酸辣汤。她这样回答你。

然而我第一次没有遵循她的菜单,吃了一碗牛肉面。在学校右门拐角的山东人的铺子里,勇敢果断。我敢断定老板是山东人,他的白围裙上散溢着煎饼果子的香气。小妹,吃什么呢?他不抱希望地问道。牛肉卤面,八块钱,加一个荷包蛋,或许味道更好吧。

他就坐在我的对面,轻描淡写地看向窗外,对我视而不见。他穿着一条旧灯芯绒裤,日复一日,没别的裤子可穿,苦恼、孤独、寂寞,眼睛里有苦杏仁的气味。每天晚上七点,倚靠在刚刷过油漆的旧栏杆上,正对着浴室的通风口,没别的事情可做,倚靠是唯一的乐趣。

他没有过去,没有未来,只有现在。让面条在嘴里顺畅流动,像一条滔滔不竭的河流,在哪里见过的一条河流,南方的河流。

面条膨胀成白白胖胖的大孩子。为什么他不能添碗汤呢?我愉快地想,一面把目光深深地侵入那棕色砂锅之中。

母亲提着饭菜来看我,穿着波希米亚长裙,头发盘成古老的式样,身体被烘烤得酥软蓬松,遮挡住了食堂门口半边的阳光。小音,你猜我给你带了什么,宫保鸡丁、清蒸鲫鱼、凉拌木耳、清炒菜心、五彩酸辣汤。她每一次完成背诵之后,都惊喜地对着阳光笑起来。

你最近学习累,我还在汤里放了干贝、虾仁和蟹肉。她有点不好意思地看着我,仿佛在等待我的首肯,为了这样一个目的打破菜单,骄傲而不知所措。

然而我的胃口好得惊人，即使我的每一个组织细胞都来自宫保鸡丁、清蒸鲫鱼、凉拌木耳、清炒菜心和五彩酸辣汤，她们也并不排斥这些珍贵的食材，她们纯朴、安静、容易满足，待在毫不起眼的角落里，大口吞咽着倾泻而来的身体能量。吃得那么多，连母亲都吃惊。你一定是累坏了，她说，又给我盛了一碗满满的海鲜汤，冒着充实的热气。我的身体被食物灌满，所有的五脏六腑都被堵塞压实毫无空隙。在细菌滋生的夜晚，柜子门后发出窸窸窣窣的声音。脂肪像恶性肿瘤，嗅到了某种熟悉的气息，变得躁动不安，蠢蠢欲动。怀着一种最善意的初衷，企图酿成一场灭顶之灾。你看她伺机而动，在皮肤表层下艰难跋涉，开始一场永无止境的交配繁殖。

她们既不按照什么形状，也不迷信人们曾经相信的规律，她们走走停停，走到哪里就歇到哪里，摆出一副倦怠而舒适的笑容，空间拥挤也毫不在意。她们重叠、拥抱、退让、拉扯、撕裂，合为一体，又生长繁衍，真诚而友善，默契十足地共同凝聚成一个向前倾倒的姿态。像水一样，随时准备泼出来，由于身体顽固的引力，又吊在了半空中。

你走路像水一样，他对我说。

他吃面条时我又想起了记忆深处的那条河流。它们正在源源不断地涌出来。

加个蛋吧，味道更好。我找不到话说，只能这样劝他。

他虚弱而迟缓地笑了笑，那一刻我几乎可以断定，他和电蚊香片下苟延残喘的蚊子，来自同一个遥远的家族谱系。每天晚上七点钟，以一种倚靠的方式，感知世界。

身体的路线令人困惑，像发酵的面粉团，被放到蒸炉上，失去了所有的空隙和棱角，饱满得过分。我在这个夏天里彻底醒来，让阳光把房间里的球拍、衬衣、草帽、墨水瓶、颜料罐和甲虫光秃秃的脑壳都照亮了。沐浴之后的毛巾会有漂白粉的气味，搓下来的皮屑粉尘在空气中轻盈飞舞。

继父愉快地盯着电视，头顶像一片被过度放牧的荒地，被拔光毛的绵羊站成了两列欢迎的纵队。他似乎仍然觉得有什么不够如意的地方，用脚轻轻地踹了一下坐在斜上角的母亲，咯咯咯笑起来，力度并不友好，却不足以一招致命。母亲沉重的身体抖动了一下，险些失去平衡跌倒在地。然而她极力稳住了，面色铁青，自尊与忍让无人能比。手里的花生掉了，皮褪了一半，不饱和脂肪有松脆清爽的口感。

　　我痛不欲生地盯着这个场景，心里早就已经被割开千遍万遍。血涌出来，于是我开始寻找晚上七点的女生浴室。

　　我觉得全城充满了大街上那样的女乞丐，她们栖身在未完工的地下车库或者旧城改造区的垃圾堆旁，迷茫地盯着四周的一切，灰暗的眼睛里常常透露出璀璨的光芒。猪肝细面，她朝着路过的每一个人叫嚷道，早上猪肝，晚上细面，我每天都吃，吃得不耐烦了，她继续补充。我善意地提醒她，应该是早餐猪肝煮细面，外加一根油条。嗯，对，她肯定地微笑着。你加葱花吗？她思索了好久，猪肝细面，吃得不耐烦了，她说。

　　有人端来了萝卜咸饭，这是附近尼姑庵的救济膳食。她自然而然地接过来，一股脑倒进了垃圾桶里，全然不理会愤愤然的咒骂。猪肝细面，她说，媳妇做的，早餐吃，她说，葱花要一点吧，她笑了。

　　她像一个古老的恐怖预言。

　　我的下巴找不到我的锁骨了，咯住了，中间有一团棉花般的絮状物堵塞了唯一的途径。然而它明明来自我的身体，甚至在触摸之前我就可以说出每一处清晰的肌理。每一次的努力都是徒劳，我能够看见自己将来的命运。我哭了。我终于开始承认，我被自己的野心、欲望、念想折磨得痛苦不堪。每天晚上的自习教室就是最彻底、最疯狂的绝望之地。

　　临近高考的寒假里，我被送到了离家两百公里的补习学校。我不认命，早餐两个水煮蛋，午餐两个番茄，晚餐两个番茄。吃两个还是吃一个好呢？我的身体因饥饿而颤抖，无法克制，夜晚的天花板上充满了空洞的回响，一遍又一遍，童年时代输掉的弹珠又来到我的面前。欲望在身体里搜索着碳水化合物，翻箱倒柜，绝望无果。怨念像藤蔓一样纠缠，我又听到了咪咪难产时的叫声，她顶着硕大的躯体，为了生下那个在垃圾堆里诞生的野种，叫得撕心裂肺、震耳欲聋。

妈妈，给我买一个床垫吧。

小音，你说什么，我听不见。

妈妈，学校门口的商店有卖，弹力棉，只要七十块钱。

小音，咪咪要死了，小音你听到了吗，咪咪要和她的孩子一起去死了。

她又恢复了少女时的神态，捂着眼睛陷入了绝望。

她不会死的，她活得比任何人都长久。在晌午的阳光下，在阳台上悠闲自在地踱步，把野公猫的腥臊气味带入这个安静本分的小城里。她眯着被脂肪驱赶成一条直线的眼睛，匪夷所思地看着我们，你们干吗呢？她讥笑道。

你为什么要买床垫呢？你今年高三只剩下半年马上就要毕业了，旧的床垫凑合用一下难道不行吗？新的床垫用过半年要怎么办，要长途跋涉地带到大学去吗？还是扔掉，那么好的东西你要扔掉吗？床硬一点为什么不能睡，你那么胖怎么还怕床垫硬呢？睡硬的更有利于身体健康你不知道吗？现在很多人都要特地去买硬板床睡呢！大家都说我太宠你了，大家都说怎么能这么宠你，毕业在即还想着要买新的床垫。你要什么就给什么？你不知道钱是怎么来的吗？那么好的东西你要扔掉吗？

身体的秘密只属于我一个人。只有柔软，在工匠的手中刚刚被碾压紧实的弹力棉，在每一个旮旯角里才会有那一层轻薄而脆弱的呼吸。转瞬即逝，像这个世界上所有真实而可靠的快乐。我趴成一个大字，深深呼吸，腹部的赘肉舒展了，像一个干瘪的皮球啪地一下撑开了，又软又松，揉捏起来却有Q弹的质感。

我只是想要一床床垫，这样的要求过分吗？七十块钱，我变成了一个刚刚着陆的两栖动物，所有的龟壳由潮湿被暴晒为干涸。

你想要的不只是床垫而已。她从来不留余地。

我还是偷偷去买了煎饼果子，装在一层薄薄的咖啡色纸袋里。油湿了边襟。豆腐皮在油锅里被酥炸得金黄立体，碾碎了，加上鲜笋丝、香菇丁、肉丁、酸菜末、胡萝卜丝、葱花、香菜，由蛋饼皮一包，刷上酱油、麻油、辣椒、胡椒。老板，我要五个。什么？那个山东男人在平底锅的煎炒声中大声质问着。没错，五个，我说。早上一个，中午两个，晚上两个。加不加葱花呢？我很认真地问自己。还是不要了吧。早上煎饼，中午煎饼，晚上煎饼，还是不要加葱花了吧，我说。

我溜出校门买煎饼的时候，他就站在我身后。看着我卡在那道狭长的门缝里，静默不语。然而尽管他全身上下纹丝不动，他的眼睛还是笑起来了。他眼里的笑意越来越清澈，能让人腾云驾雾。

我对他来说算什么呢，他不止一次地和我谈起吴倩莲。对他来说，我只是五点四十五分准时出现在牛肉面店里的女孩，每次赶到时都显得气喘吁吁。你为什么这么爱吃牛肉面呢？他认真、严肃、镇静地问我。

那你为什么只穿同一条裤子呢？

他笑了。

吃面吧，你看，面来了。他把碗里的牛肉夹给我，笑容温暖，与世无争。

母亲频繁地变更着菜单，整个南方迅速逼近着最燥热的台风季节。早餐是新鲜的鸡蛋和面粉摊三个饼，分别裹上西红柿、黄瓜和干牛肉。再磨上满满一杯核桃豆浆，盛在磨锈了口的搪瓷缸里。午餐照例要炖一只肥硕的老母鸡，它被脱光了毛，完整地躺在醇厚的汤里，加上枸杞、莲子、薏米、党参、红枣、山药……多得放不下了，母亲把这些药材拨开，开膛破肚将内脏堆在我的碗里。

晚餐的蒜苗炒牛肉取得了美满的成功。黑椒酱汁功不可没。但是你要小心，肉汁要溅出来了。她说。带着烦恼的神色。

当那一卡车烘绿的西瓜摆上街头的时候，我知道，离别已无可避免。山东人的面馆租约到期，现在是一个浙江人开的裁缝铺子。小妹啊侬的裤夹要改几多小嘞，小妹啊侬的裙啊要改多少多小嘞。门口烘爆米花的也是山东人，但是早已不穿白围裙。栏杆上的油漆新了又旧，旧了又新。我在晚上七点钟的女生浴室待得越来越晚，光着身子久久游荡，失魂落魄，无所适从。摸着自己身体里的郁结阻塞，那一团团赘肉的结块，一簇一簇，坚强凸起。

高考第二天，母亲坚持要送我，终于顺着我的目光，发现了我的秘密。他推着一台崭新的凤凰牌三轮车，上面摆满了各式各样的DVD。一张五块，三张十块，本人珍藏，吐血大甩卖喽！他虚弱地站在大太阳下，喊声嘶哑。在人潮汹涌中朝我抱歉地笑笑。好好考，他说。

你就不能换条裤子吗？我几乎要哭出来。

然而他憨厚地笑了。

就是那个男人吗？母亲用近乎惊愕的声音说道。所有的热气在迅速地退去。

那样一个男人？她不可抑制地笑了，像童年时代冬天的飞鸟发出的声音。

那样的男人！她最后总结道，一锤定音，没有丝毫扳回的余地。

在诅咒中酝酿了十九年的台风终于到来，爆炸在风和日丽的头顶。我知道她的报复是一种本能。它在体内蓬勃地生长，不可抑制，一旦抑制便会死掉。

无数次，我用细绳勒住她的脖子，拨开客厅里的桌椅、花瓶、鞋柜，使劲拖着行走。她庞大的身躯整个吸附着地面，乖巧顺从，软弱无力，所有的脂肪像成熟的果子一样哗哩哗哩地脱落，清脆可感，望眼欲穿。她眼睁睁地看着我，像是早就料想到了这样的结局。从我出生起，就料想到了这一天。哪一个母亲不是这样呢，她对我说。茵茵，茵茵，她喃喃地叫着我的小名，声音渐渐低下去，自始至终用目光轻轻地拖着我，你小时候那么瘦，现在怎么这么胖呢，是我养得好吧。然而她已没有力气说，没有力气笑，只是拼命睁大了逐渐黯淡下去的眼睛。

柜子那头传来窸窸窣窣的声音，那只老鼠终于来到我的面前。我很确定它来自晚上七点的女生浴室，气味熟悉，毋庸置疑。体毛是通体透亮的灰色，尾巴能够翘在头顶盘得很高。它胆大妄为，用一种悠然自得的目光看着我，这是从来没有过的。我真傻，我想，这是一种深入骨髓的绝望。

雀　斑

一

　　山庄里真是一个奇特的所在。她第一次来这里的时候就知道，他们永远没办法找到这里。沿着一条漫长的斜坡开上去，坑坑洼洼的鹅卵石路面改变着路灯照射的角度。她想着若是早晨，应该是阳光。转弯，一片茂密的刺桐林。栅栏像打磨粗糙的竹砧板，浅黄色，尾部扣着铁环。

　　漫长的刺桐林，靠近后山的地方营养丰富，枝叶疯长。层层枝蔓在路灯下成为黑色的影子，与橙黄色光斑形成规律交错，车前灯打得有些突兀，像是一种刻意的壮胆。司机从后视镜里，狐疑地看一眼金夫。

　　又转弯。进入一个半圆弧形旋转的栈道，又是石板路。有几盏灯失修，黑色的影子围成了隧道。栅栏密密麻麻，生锈的铁环相互勾嵌，在风中发出指甲摩擦的声音。

　　司机的脸像一块褪了色的布料。他一定是个外地司机，晚餐刚吃过一碗热腾腾的面条，在初冬的寒风凄苦中上路。鲜少人来过这个地方。金夫付了二十五块钱车费，这样近水楼台的捉弄让她觉得愉快。

　　毕竟来这里已经住了两个月，总要表示一下自己麻烦别人的诚意。金夫每天早晨都把地板拖得锃亮，灶台上没有一颗水珠。

　　可是她仍然无法适应山上的水压。套房在顶楼，水时常抽不上来。在那看不见的地方，也许像吸管，气体像弹簧一样被压住，然后慢慢释放。楼底的人听见水是哗哗哗的，六楼的水管里一半是气体，一半是水。

　　冬天的时候福船往往不洗澡。可是这样水仍旧不够用，最后林总说，派我的勤务兵来送水吧，这是由冬入夏的第五个月，林总已经升为了副旅长。

准确地说，我并不算是勤务兵。小刘笑起来的时候，上眼角刚刚抵到眉尾的一颗淡棕色的痣，浅浅的双眼皮向内收，眼睛就眯成了两条细长的塘渠。灰尘粘在刘海前端，落得像花洒。他挑来了两桶水，又搬来梯子洗空调。

他几乎还是个男孩，白衬衫没有一块完全干净的地方。爬上爬下忙活，冲锋车就停在六月间开辟的阴凉处。他刚满十八岁，被分来做林总的司机。干完活，他就垂着手站在那里微笑。

这接近于一种傻笑。"林总入伍的时候，刚好也是十八岁。"金夫像谈起一个朝夕相处的人。就像她的脚尖每晚都能触碰到他角质层厚重的指甲盖。小刘在脑海里估摸着两人的身高。这句话里有一种没有必要的造作。但是小刘还是点点头。

他下楼，金夫拎了一袋垃圾出来。

嫂子，给我吧。

手腕上有性感的静脉。

闽南习俗，过了端午就可以收凉席。金夫也理解为，过了端午就可以开空调。把主卧让出，小留的次卧却没有空调。福船装作什么也不知道。还没有到端午，他已经穿上了白色汗背心，每年的这个时候，乳头都要露出来。

金夫去菜场，要步行穿过栈道，走下斜坡，她有点气喘。六楼，门廊狭小，台阶极高，走到三楼她的腰部就开始疼。有时正逢交接班，打不到回山庄的的士，她只能拎着蔬菜和肉缓缓爬上来，六楼，腰上的神经像节假日时的锣鼓。

有一次，打不到车，她拨通了小刘的电话。他几乎在十分钟之内就赶到了菜场门口。她想起第一次来山庄那天，他就没有使用导航。

下雨天，她斜斜地瘫在副座上，像一块被拍打松软的三层肉。湿气轻轻地撬动她的指甲盖，从脚部开始，身体像一块穿针走线的毛线团。小刘的球鞋被雨打湿了，好臭。

她在后视镜里，看到了从前的菜场。如果不是姐姐金平，她也不用躲债。现在姐姐是完了，她还在这里，走不了，只是搬了个家。

天气越来越热，她要问问福船，是否应该提出给小留装台空调。

最后还是林总提出来了。林总是看着小留的神色说话的，他说，明天我让司机来帮忙。

小刘第一次在周末上门。金夫开的门，小刘喊，嫂子。

她在原地晃了一下。

林总说，这才是我老婆。

背对大门。屋子里没有第二个女人，第二个女人就是一声不吭的小留。

相识一月有余，小刘又开始爬上爬下。

空调已经安装完毕，福船主动提出要分担电费。林总看看小留，再摆摆手，小留说，何必呢，都是自家姐妹，又是一个毫无必要的语气词。

小留的母亲是金夫最富有的姑姑。

小留其实挺胖的。她在洗碗的时候，再次从厨房窗户的反光里看小留。

然而水雾升起来了。

她听到儿子的笑声。一到夏天，福船的胸部就变成摊开的两张蛋皮，儿子把手按在父亲的肚皮上，对着电视里的动画笑得龇牙咧嘴。

一艘能吞纳万物的大船，整个客厅摇晃起来。

二

这是事实，她比小留漂亮。

不仅如此，她从很早的时候就意识到，自己的臀部有多漂亮。

从髋骨开始逐渐过渡的线条，不是硬邦邦的如充气包装袋似的纹理肿胀。耻骨下端往上托起，界限细密得如同武夷山山谷里的一线天。

像在氤氲蒸汽中变得松软的馒头，小骨盆一侧，有两点将馅料收紧得挺翘。

莫代尔面料总是顺势滑入她的股沟，她只能穿棉麻。

是福船，将馒头拨开，发现了股沟中的那一颗淡粉色雀斑。

福船惊讶地说，啊，竟然长在这里。

洗澡的时候，手掌滑入股沟，指甲能感受到那颗绿豆大小的凸起。

实际上，她对它爱不释手。

肩宽腰圆，对于金夫而言，小留的衣服都有些太大了。

她一一试穿小留的每一件外套，规定自己说，每天试一件。等到一轮试完，她找到规律，根据不同的天气来搭配不同的款式颜色。小留不断地添置新的外套，她就翻开皇历，四季温差恒定，然而有不同的节气。

浅豆绿最配她的弯眉，而酸橙则得益于相得益彰的眼影色。还有一件湖水蓝，把腰带抽开，剪裁的褶皱张开角度，膝盖以下一寸的下垂摆，四面皆有小嘴般的三角豁口。衣不贴身，空灵才显身段，要瘦，但不能太瘦。二十年前学梨园的时候，老师总嫌她太瘦。

气运不上来，步伐总有些轻飘飘的。

伊这个单身姿娘，"啐苦啊"，后面的调子总要跑偏。但那种愁苦的姿态是实在的，她喜欢这些长吁短叹的曲词。

找来找去她只能演肖氏娘子。这是一个要投水的人，还在水边穿一袭白衣，自有一种鬼怪的气质。

其实这又是个错误，她原本是唱小梨园的，怎么被拉到上路戏去了呢？

她迅速而麻利地将衣服整理好放回原处。每天只试穿一件衣服，抽出来的地方会贴上一条相同颜色的便笺纸。撕开之后，用面巾纸轻轻擦拭，当衣架重新归入，吻合的角度也一般无二。

只有一次，福船看到主卧衣柜里林总未取走的军服。福船说，怎么样，我来试一下。

口袋里有一个徽章。福船拿出来把玩。她有点紧张。后来她问他，是左口袋还是右口袋呢？

福船说，我没留意啊，我给忘了。

一个星期之后，她买菜回来，腰疼得厉害。当她想在做饭前试一件浅灰紫新风衣时，小留次卧里的衣柜已经锁上了。她没有理由锁主卧的衣柜，然而她却没有理由刻意发现她锁住了次卧的衣柜。她拖地的时候，用尖指甲在衣柜上轻轻一划。

小留继续散尽钱财买入更多的衣服。她从此留心观看着。金夫发现，无论腰带束得多高，小留突出的腰腹还是会将大衣前摆些微拱起。她摸着自己平坦的小腹。小留无论如何富有，终归是一个有点儿胖的姑娘。

因为太瘦，在梨园实验学校里，金夫几乎算得上丑。鼻头扁平，与嘴唇同宽，上排牙齿微微翘起，当嘴唇合拢之时，会有一条轻微的裂缝。嘴唇包不拢牙齿，像下锅之后开了天窗的饺子。

老师说，金夫，再胖一点就好了。脸颊胖起来，嘴巴就不凸得那么明显了。也许能演一些其他的角色。

小梨园只有大旦，小旦戏由贴扮。然而她那一副生动活泼的样子几乎要惹人发笑。她笑起来太缥缈，没有抓地的定力。

人说，男人无妇身无归，女人无夫身无主。

她统共也没唱过几年梨园。那时候读戏曲中专，不过也是为了寻一条出路。后来有人提醒了她，早知道应该学唱高甲，现在有钱人办丧事都请唱高甲，谁唱梨园？

学戏，零零星星总共只有几年的学生时代，她住二楼。

老旧红砖瓦房改建的学生宿舍，她的床塞在拐角的三角空位上，一侧步就是阳台的拉门，她几乎是一起身，就来到了阳台。

从公共浴室里回来的姑娘来来往往地往阳台挤，头发的水珠泼溅到白床帘上成为墨绿的污渍。四尺见方的阳台上，衣服叠挂得像清晨刚出市的肉摊。

没有人愿意掏钱买挡拉门的帘子，左右她们不住这拐角，用不着。而金夫也没买，她不愿意厚重的帘子将屋子挤得更水泄不通。再者，她不愿让人觉得，是她非买不可。

吃完午饭，她就倚在床杆子上剔牙，看她们来来往往地往阳台搬东西。

有人对她喊，金夫，我开门了啊。

她笑了，你开吧。

笑的时候就看不见嘴型的缺陷了。

门打开来就是金夫白花花的腿。宿舍十二个姑娘，没有一个像她这样，不爱穿裤子。

可是她们有谁像她这样，有这么漂亮的屁股。更瘦的，竹竿腿上是两片塌方的面包；更胖的，像形状不规则的深土层番薯，泥层哗哗哗地抖动。还有一种练满肌肉的，跟被人打肿了似的，像熟透的果实，没有刚采摘下来的新鲜感。

她看着她们的屁股，在心里冷笑。她不脱裤子，又有谁会知道？她炫耀似的走来走去，俯下，拾起什么东西，抬胸，起身，每一个动作都在表现自己的优点。无论如何，她总算扳回一局。

小留一定意识到了什么。她虽然不动声色，可是已经开始抱怨逛街的劳累。她知道金夫在躲债没办法出门逛街，已经许久没有买新衣服。她将手环成半圈绕过脖颈。

"姐，你应当知道，逛街和逛菜市场还是不同的。要买一件合适的衣服，有多么难。"

"当然啦。"

"不过，姐，"她试图将眉毛挑高做出一个娇俏的表情，"你整天待在家里，又用不着那么多衣服。自然是省力又省钱啦。"

"当然啦。你说得对。"

在金夫看来，小留几乎是在挤眉弄眼。从小到大，在她的印象中，小留都是这么胖。依附在下巴骸上的肉将她的脖颈挤出三条皱纹。

身体晃动的时候，总是带着轻微的嗲声。小留其实是一个狠辣的角色，无论如何，她并不傻呀。人若犯我，我必犯人。

幼儿园春游之后，照例要举行每年一届的运动会。当天金夫去接儿子，老师客气地请金夫留步。她说，听说孩子的爸爸是个军官，运动会的时候能否请他来当个裁判？

金夫爽快地答应了。

在楼下，三楼新搬来的一个老太婆，是军官的母亲，趁着春困晒太阳。金夫每天买菜回来，都要和各家留下来操持家务的街坊邻里打招呼。老婆婆说，我昨天看到你妹妹了，工作那么辛苦，那么晚下班啊。

金夫笑笑。

还没有结婚吗？姑娘家不能太拼。

金夫还是笑。

笑的时候，就看不到嘴型的缺陷了。

春天是包小馄饨的季节，放在冰箱里，可以随时煮来吃。金夫想，你以为呢，其实我也不傻呀。

三

医生有点莫名其妙地看着她。他再解释了一遍，这不是雀斑。

怎么可能呢？这怎么可能不是雀斑。她有点傻地叫起来。那种神情，让门口等候看病的人都捂嘴笑起来。

雀斑怎么会长在这个地方呢？医生竖起一根手指，指了指自己的屁股。雀斑一般长在脸上，其次就是暴露的地方。再说了，这些斑点虽然都是深棕色，但都有瘤头，是老年斑。

哦，我知道，老年斑，那那颗粉色的呢？

哪一颗粉色的？

医生想让她详细描述一下。原来医生检查的时候并没有在意，也许压根就没有看到。他转过身在池子边涂洗手液。

她没有说话。

没有例外。你这就是老年斑，不会错了，我给你开点药膏。

医生停顿了一下，又说，你说粉色的嘛，也许只是一颗青春痘？抓住了青春的小尾巴？

　　他似乎觉得自己挺幽默。

　　套房因为是部队里分配的，空间都安排得极其经济紧凑。客厅是门面，要被照顾，于是浴室就被必要地缩减了。三角形的淋浴门一拉上，她只能在坐盆上艰难地略微转身。

　　光着的屁股擦着了冰凉的瓷砖，细小污垢的刮擦都像是一场并不友好的照面，她想起来自己已经很久没有清洁过浴室里的瓷砖。

　　圆润的两片花瓣出现在镜子里，她现在将它们慢慢打开。那一颗斑点，已经扩大。原来像鸟粪，现在像鸟的一只眼睛。粘在屁股上，像是轻轻耸立的股尖，也像黏满花粉的花蕊。

　　尽管仍旧骨瘦如柴，可她的头转动得极其费力。

　　一只手紧紧抓住马桶边缘缝合之间的空隙，另一只手，在三月天湿滑滑的瓷砖墙上探来探去。中指和食指伸得最长，微微弯曲，像膝盖，能听到骨节松弛的咔嚓一声。

　　是开灯的声音。她把所有的灯都点亮了，包括浴霸。反正不用交电费，她为什么不看得清楚一点呢？

　　屁股已经长成了一颗未脱皮的鹌鹑蛋，只是暂时还是浅浅的一片滩涂，很快它就会变深起来，每一天的食物都会给它生长所需要的营养。可是并没有船舶在这里搁浅。

　　浪潮依靠着抽水马桶里的机械开关，咸湿的体液也鲜少分泌了。这个屁股，似乎与记忆中的已经不同了。天啊，过了这么多年，她都忘了查看一下，等到现在查看，它已经成为一个完全陌生的部分。她试图回忆起新婚之夜，福船脸上那种惊喜莫测的表情。可是有什么东西挡在前面，她重新望向镜子，三月天，水汽升得那么高，眼前是雾蒙蒙一片。

　　她坚信，那是雀斑。

　　为什么不可以是雀斑呢？反正医生也不知道那是个什么。

　　也许医生是知道的，只是他不肯费心去查看罢了。

　　可是就算不是雀斑，真是青春痘或者是别的什么，又有什么关系呢？

总之一切都是无可改变了。

林总终于下了逐客令。但是，林总也不是突然之间下逐客令的，事情总有一个发展变化的过程。金夫先是试了试，她每天拖一次地板，或者一星期拖一次地板，或者索性不拖地板，福船都没有任何反应。

她腰疼不疼，与福船也没有什么关系。

福船开始迷上中医养生，结交了一个叫黄仙的朋友。神神道道，手上串一串佛珠。他说，十点前必须睡觉，否则没办法排掉肝脏里的毒素。

可这套房子是小留的，她看出了区别。你整天待在家里，有那么多时间，没有时间拖地？

我难道不用买菜做饭洗碗，不用洗衣服，不用带孩子？

当然，话是人说出来的，她们没有这么说。

金夫有时候冲着孩子嚷，起码孩子是她的。

其实，要真说出来，也无话可说。说什么呢？

小留说，我婆婆要来住了。姐姐，姐夫，抱歉。

福船爽快地答应了，他在卧室里和金夫算了一笔账。借住一年半，孩子已经快要上小学了，上小学就要把孩子送回老家了。对他来说，这是一个令人满意的结局。

搬家那天，没有事先和小留商量，金夫叫了小刘。

小刘在电话那端犹豫了一下，即使时间间隔那么短，金夫还是听出来了。最后小刘说好啊。

她不再是上司的妻子。那么现在她在他眼里是什么呢？

行李太多，小刘把外套脱掉，汗液还是浸透了衬衫。后备厢不够放，车内也塞满了行李，金夫就坐在行李之上，她感觉自己处在群山的巅峰。

她看着他的侧面，从额角到鼻梁、下巴，连成一条扁平的直线，像美工笔刻在一张浅杏色粗糙宣纸上，有晕染开的部分，是他不饰修整的眉毛，眉心往下，像线头穿过银针，由尖头开始钻入心脏，细线在内脏里滑动。

车开进栈道，是一百八十度的旋转，驶入石板路，那感觉就像防空洞，冰凉，披拂的树叶像爪子，朝车窗里伸过来。山庄的刺桐给她安全感，她买菜爬坡的时候，扶着沾有锈迹的竹栅栏喘气，傍晚厨房的灯光会陆续被点亮，都是留下来做饭的军嫂。她们相互认识。

屁股被行李震得生疼。是铁皮鼓吗？鼓面被击破，木棒从另一头钻出来，正打在骨节转弯的地方，还是功亏一篑的面团？

汗液是滋润剂，它源源不断地渗出来。

无论如何，这总算是春天的季节了。

二月二，龙抬头。

整辆车已经被蒸得雾气缭绕。

她突然想起来，垃圾还没倒。它就搁在门口，像他们第一次见面那样。小刘说，金姐，垃圾还是要倒的。他这是在提醒她，作为军人的家属，这一切都是为了林总的体面。

二月二，龙抬头。每年的这个时候，元宵已经过了，她才发现，盛大的元宵梨园节，她照旧没有戏演。

小刘没有穿外套，裤子的褶皱叠成了一根包线的腊肠，他满不在乎地倚在车门上抽烟。浮上来的静脉，像青色的河流。

垃圾桶就在楼梯口靠近车库拐角的地方。蓝色的油漆铁皮桶子，深不见底，每天清洁工都用固定的工具，钓上来。

她撅起屁股，头伸长出去，裙摆的裹边，随着动作的幅度被不断拉高，腘窝，大腿，接着是和屁股紧密相连的皮肉，随着岁月的流逝，它们松弛而疲惫，随时准备着一劳永逸，那种轻微抖动的向下重力让她难堪。

摄影机抓拍的画面再也找不到什么清晰的棱角，只有模糊而无法聚拢的焦距，打散成一片泡沫似的漂浮物。

是她眼睛里的火花。又是贫血，她弯着腰喘气。腰疼，那是坐月子时落下的毛病，从很久以前开始，她就已经不再是她自己。

年纪越大，症状越明显。距离第一次登台演出的时间，已经过去了整整二十年。

二十年前，梨园实验剧团元宵公演，在全市都是轰动的。照例要演名剧目《陈三五娘》，五娘的角色需要三个旦，三个，但个个要求活泼灵巧。

她待了这么多年,师傅有意安排她去试戏,可是一切都是白搭,最重要的问题是,她还是不会笑。

学的是小梨园,却被分到上路戏去,《刘文龙》是给《陈三五娘》热场的。罢了,临时凑她演个肖氏娘子。这是师傅给的情分。

刘文龙有三个。她对着第二个刘文龙唱了老半天戏,才发现自己的搭档本是第三个。天气越来越热,汗液浸在戏服上,像瓷砖上的一口痰,化开了乳白色的绸缎。

肖氏娘子是原配夫人,等了十八年,终于等到了当年的新婚丈夫刘文龙。刘文龙出使西番十八年,睡了异域风情的外邦公主十八年,一拍屁股,身侧犹温,也许并不稀罕这个冷冰冰的守身女人。

功成名就归国,他并不急于与她相认,需要确认的事情还有很多。

比如,我走之后,你有没有好好侍奉我的父母,他们是否仍然健在?

比如,我走之后,你还保持着贞洁吗?

比如,你的衣衫如此破旧穷酸,我还是择日再与你相认吧。今日,先将你打发回去。

所有的唱词,都有一个发端,像是起调。

"连哩唠,哩啊哩连唠哩,唠唠连,哩唠唠连。"

都是些什么鬼。

鱼　　脸

第一章　重回故地

　　第一次踏进天河星旅馆，楼梯上仿佛有一股雨天的气味正在被风干。我想起来，还没有给今年即将到来的台风取名字，这是从六岁起在孤儿院养成的习惯。莫妮卡或者洛丽塔，都是些漂亮小姑娘的名字。看你的样子，年纪好像很小啊。波哥在微信里对我说，他是房东，却总说些和房子无关的话题，比如找我要照片，说要制作一本房客居住记录，或者，杜撰一些莫名其妙的投票比赛。你要住天河星旅馆？小咪咪问我。小咪咪是我在孤儿院时的朋友，她本来没有什么正经职业，后来进了保姆圈。因为跳槽得勤，人脉又广，反倒变得消息灵通。她瞪大眼睛看着我，假睫毛颤抖得厉害。她说你知道那是个什么地方？什么地方？我反问她，她又不说话了。从小，她觉得奇怪的时候，总是把脑袋朝着反方向偏过来。有一点天生的残疾，在脖子靠近脸颊的神经上，有什么东西在日复一日簌簌地跳动。像一颗弹珠，她指给我看，所以，她才被亲生父母所抛弃，不过那已经是二十年前的事情了。她说，那个地方乱得很啊，你不知道吗？

　　我当然知道了。在动身出发之前，我就知道我要去一个什么样的地方。可是你真的完全了解了、清楚了吗？我又不知道了，就像我从来没有认真地想过，波哥会长得那么像某一种鱼类。"小心水泥"，他对我说。他的五官慢慢地在楼梯转弯的台阶凹槽处浮现出来。像什么鱼呢？八角粗眉，肥厚的眼袋，鼻翼宽大的鼻子，笑起来，脸上的粉红色肉团像滑翔起飞的飞机。福建遍地都是鱼类，我很难说清楚。第一次见面，我们俩就饶有兴致地互相打量着。

　　我跟他说过我是要长租的，我还说我就在附近工作。但对于房间的要求,我倒忘了说,这无疑显得很奇怪。他走上台阶,倚在门框上问我,一边剔牙齿,一边抚摸他那颗绿橄榄型的肚皮,"你该不会是记者吧。"

我不知道该做何反应,小咪咪说我不成熟,倒不仅仅是指在年龄方面。我一听到记者两个字,就条件反射似的抖了抖。

波哥说,你还挺有意思的。

我的房间是404,我初来乍到,嘴上有些慌乱地说,不要紧的,其实内心里有点介意。孤儿院院长对我说,你是清濛人,不用她说我也知道,她有意绕过"清濛",反而是一种强调。清濛人,见了各路神佛都要参拜,骨子里都是迷信的。他的裤兜里有一串钥匙,跟着他走,上楼梯,我才看到这幢建筑没有照片里那么漂亮。仿土楼,却是油漆漆出来的木制板材,我说你自己漆的吗?波哥就笑了,他说每年都掉漆,冬天就补漆一次。环形的庭院很小,晒满了衣物,挤得有点不像话,主要是内衣裤,还有一些长斑的白汗衫。唯一漂亮的是窗户,它是真正的木材,手感粗糙冰凉,我在上面摸来摸去,波哥就有点心疼,他说这是最贵的东西,请装修公司专门来设计的,他们还将外墙设计成了闽南的红砖厝,檐角上翘,像今年流行的绛红色眼影,有点不伦不类。我说这不是土楼么,咖色瓦顶和白石墙呢,波哥说,入乡随俗嘛。

"这是我们这里最好的房间!"他和每一个房客都这么说,只是这句话在我这里有点多余。我躺在床上,内开窗,一关上灯就是黑夜,当然了,闭眼的效果也是一样。隔音效果极差,波哥是个火暴脾气,印象中他总是在与各式人等吵架。人来人往的很杂乱,每天早晨醒来,整个狭长的旅馆建筑仿佛一个旋转的大杂烩锅。墙体比想象中的木头还要脆弱,就像波哥谈起油漆时的感慨,今不如昔,他说。我问他,还记不记得曾经居住过的客家土楼。

我不是客家人。他有点警醒地看着我。

总有人会是客家人,我说。

那么你是客家人吗?

不,我是清濛人。你去过那个地方吗?清濛。

林文星说，我的打开方式太单刀直入了，我随随便便的一句话，都有可能打草惊蛇。他说的也许是真的，但也有可能，他是在逗我。他向我演示，正确的提问顺序应当是这样的，请问您为什么要将旅馆装修成客家土楼的样子呢？我不是客家人。既然您不是客家人，那么是不是曾经居住过客家土楼？还是说，您认识过什么对您来说非常重要的客家人吗？我很坦白地对他说，他的逻辑听起来也有点傻。

　　"你不要质疑我的专业。"他躺在沙发上，掩饰不住一副志得意满的样子。我反感他这个样子，它向我显示着男人的愚蠢。但我并不反感警察，相反，我对警察有着莫名的好感。

　　"你不过是想要利用我。"他背过身去说，这下，我看不到他的脸了。

　　在我的计划里，林文星是意外出现的，但最终变成了关键的一环。再小的环形庭院，声音也像电流一样，连成一体。每个房间声音频次不同，原来404是交叉路口。我白天无法睡觉，晚上更加睡不好。林文星在某个晚上的抓捕行动中出现，他是便衣警察的头目，他补充说，可以把便衣两个字去掉，他是正儿八经的警察。在逼仄昏暗的楼道，他们常常为了抓捕行动横冲直撞，我会大喊，小心脑袋，当然，这是在我们谈恋爱之后。第一次遇见我，他收获颇丰，抓走两三个吸毒的，两三个买春的，还有两三个不知何时潜伏进来的风尘女子。波哥骄傲地昂起头，摊开双手表示一切无可奉告。

　　他注意到我，他问，我是谁？

　　波哥说，您是问您自己是谁，还是问她是谁，还是问我本人是谁呢？

　　他看着我，方不方便出示一下身份证。

　　小咪咪评价他，无论如何都算不上长得好看，尤其脸是长方形的，那些在拐弯处转得不顺溜的棱角总让人的视线硌得生疼。

　　但我知道她是嫉妒我，就像她从小就嫉妒我，为什么没有残疾，而且从零岁至五岁期间，家里并不实行计划生育，人口很多。我从包里掏出了身份证，他只看了一眼。

　　"实际上是真的，看起来倒像是伪造的。"他带着一副取笑的神情。

　　瑶瑶挤进人群里来，她还戴着幼儿园的粉红色礼帽。一只手往嘴里塞生

61

黄瓜，另一只手无所事事，斜着眼睛看我。

瑶瑶对我说，是她先爱上的林文星。说实话，她是唯一觉得林文星长得英俊的人。她还说，我这叫横刀夺爱。瑶瑶靠在我的桌角上，咬着铅笔头，"你的身份证是伪造的"，她盯着我。我想她太可怕了，怪不得波哥宁愿减少我的租金，也要把她丢给我。"你看起来一点也不像是会读书的人，为什么波哥说你读书很好，还让你给我辅导作业。"

我说，你不叫爸爸吗？

你的问题太多了，帮我拿瓶雪碧吧。冰箱侧门第二排架子上。

喝完雪碧，她又把问题绕回来了。你明明应该有一张真的，为什么用假的？

第一次约会，是刚下完雨，脚踏在泥泞的路面上。林文星向我坦白，其实他只看了一眼我身份证上的年龄，就知道我们门当户对。然后，他很温柔地问我，为什么要用假的身份证。最后，他画蛇添足地说了一句，我知道你叫卓格格。

我说过，我最讨厌自作聪明的男人。但是他开始在我面前点烟，擦了好多次火都没有擦着，又尴尬地把手放在桌面上。这个动作使我心软。我问他，记不记得1999年的天气状况。十八年前？他瞪大眼睛，仿佛想要猜透这里面的玄机。他说，你身份证上的年龄没有造假吧？我说没有，你放心好了，1999年的时候，我五岁没有错。

可是说完这句话，我就经历了短暂的失聪。他的嘴开始像一个开合器在我面前演示起来，间或伸出一次舌头，有一次，还卷起了惨白的舌苔。那是鱼在案板上被拍死前的颜色，抖动的嘴唇，瑟瑟发抖，大姐说，太冷了。

这是日记的最后一句，也可能是第一句。整本日记被撕得七颠八倒，我不知道到底该从何看起。我从五岁开始看，当挂历看，当课本看，当连环画看，当言情小说看，正着看，反着看，从斜上角溜下来看，或者从斜上角溜下来又溜上去看，都没有看懂，但每一句话我都会背了。小咪咪说，放屁，你十八岁那年，院长做完割痔疮的手术，在病床上手把手地交给你的，你忘了。

是的，刚开始，我以为得到了一堆废纸。后来，我发现那是一个消磨时间的玩意儿，因为页码与页码之间毫无次序，准确地说，是根本就没有页码，林文星纠正我说。他的逻辑很清晰，用他的话说，他很专业。他总是能将我的思绪拉回调查的正轨，可能是由于我心虚，总觉得他是在逗着我玩。我必须提醒他事情的严重性，于是我告诉他我姓卓，是清濛人，生于90年代中期。我的大姐是个鼎鼎有名的风云人物，她叫卓享格。

小咪咪说，第一次见你，我还以为你姓爱新觉罗。毫无疑问，她是个不学无术的清宫剧观众。很长一段时间，院长不允许任何人叫我"卓格格"，她说，一律叫"格格"，据说这是心理医生的建议。别人叫我格格的时候，老像在请安。而如果叫了卓格格，则会牵引出一大堆新闻媒体记者，他们蜂拥而至，反反复复地问我，1999年12月30日那天，到底发生了什么。

我的回答被写成了大多数当地报纸的头版头条，"卓家灭门惨案""幸存者自述"……其实，很大一部分，我都是在胡说八道。如果我当真知道那一天发生了什么，我又何苦兜这么大一个圈子，在十八年之后再找到你重查这么一个案件呢？林文星翻了两页日记之后就明白了，你要找的人不是我，你想找的，是这个B君吧。

卓享格的事迹已经写入了警察局的经典案例教学之中。一个与黑社会势力奋勇斗争的女记者，单枪匹马，深入狼窝，以生命的代价，夺得了宝贵的新闻资料，为大众揭开了事实的真相。我说，就这些了。他说，那你还想怎样呢？我说，这跟1999年12月30号那天看起来有关系，实际上没有关系嘛。12月30日那天，出场的人物有：我卓格格、二姐卓一格、父亲卓晋、母亲林秀美，还有一帮蒙面伴装抢劫的歹徒。父亲、母亲和二姐都是当场死亡，我是幸存者，在医院里待了两个礼拜，并没有受什么伤。而大姐的尸首在荒郊野外被发现，是一年以后了。至于大姐的警官男朋友B君，早就被整件事情吓跑了，已经跑到云南去了。

他纠正说，他不是逃跑，他是自愿申请去做缉毒刑警了。他心里也很苦，为了恋人出卖了警队机密，又导致恋人全家被害死，你不知道他心里有多苦，他怎么待得下去嘛。

我说，那他后来怎么样了？

林文星跳了起来，我又不认识他。

我笑笑，开个玩笑嘛。

"牺牲色相真是一条无往不利的捷径"，每次，我都从这里开始读起。但是，我凭什么是从这里开始读起的呢？也许它根本就不是开头，也许开头是我一直以为是结尾的这句，"太冷了"。但话说回来，这句话太适合作为结尾了，它很像是大姐一个人在阴曹地府的独白。我确信她是一个人，孤苦伶仃，就算是平时最懦弱的二姐，估计也会恶狠狠地给她一巴掌。但当我也进入阴曹地府之后，希望二姐不要打错人，因为就在今年，有人信誓旦旦地对我说，我长得像极了我大姐。当我要抓住她来问问清楚当年的事实时，她又一溜烟跑开了。因为据她讲，除了我之外，没有人到过1999年12月30日的那个现场。

她说的是对的。我就站在庭院里，二姐在房间里喊，帮我看看报纸来了没有？我不想搭理她，想假装没有听见，她说话总是细声细气的，没听见也正常。还是从天气开始说起吧，我对林文星说，他点点头。八点钟下了一场大雨，九点钟的时候雨开始慢慢变小。十二月份，几乎整个月都在下雨。林文星摇摇头，说重点，这和案件没有关系。我伸手去信箱里掏报纸，空的，锁掉在地上，被打开过了，又去奶箱里掏牛奶，也是空的。今天真奇怪，我自言自语。我瞄了一眼手表，九点一刻。九点一刻，1999年12月30日，难道送报的和送奶的都还没有来？

林文星说，有时候想不起来，也正常，到当年的犯罪现场看一看，总会好些。他说这句话的时候很温柔，我想，那也是他专业的一部分。他怕我想不开，其实，我想得很开。在高速公路上我靠着车窗永无止境地反复进入梦乡，那个现场，我已经去了无数次。即使是在当下的梦境里，我也能一笔一笔画出那扇门的形状。

前门被上了锁，那是一种老式的反光玻璃幕墙，上面雕刻着在月饼盒上经常能够找到的各种繁复图饰，菱形、正方形、平行四边形、等腰三角形……互相并不合适却勉强挤在一起，木头门框的凹槽上印着家鼠的牙印。

锈成深红色的门锁一拉就哗啦哗啦地响,他又去拉电铃,那是一个空盒子。

门坏成这样,相当于一个无用的摆设,各家各户都拉起帘子。

十二月的一个阴雨天,我说到哪里了。信箱和奶箱里都是空的?我想起我当下就看了一眼手表,当二姐的第二声叫唤从窗户里飘出来的时候,正好是九点一刻。

前门关到一半有点卡住,卡住了,这次又……我需要用手扣住门锁以下的部分,把它用力地往上提,门缝轻微地离开地面,哪怕是肉眼看不到的几毫米,然后门吱吱呀呀地被旋进来,关上了。我想,电铃坏了,得和爸爸说一声。爸爸妈妈呢?他们还没有起床。

房子在第二年就被盘出去了。我们原来的房东,因为影响巨大的灭门案只能草草地把别墅卖掉,损失了一大笔钱,却没有领到政府的抚恤金,他是个看不见的受害者。清濛的房价涨了,现在的房东对我们说,你们看,清濛的旅游业搞得多好。他打算把现在所有的住户都一股脑儿赶出去,然后重新置办一个时髦的青年旅馆。他的想法很多,行动很少,很像清濛人,林文星显出一副老练的样子,一个劲儿地夸奖他。我们走过厨房,现在,家家户户都走后门。一张桌子上剩下半碗腌渍过的酸豆角,在另外一个灶头,煲着沙土白萝卜排骨汤。

林文星皱起眉头,味道太刺鼻了,他说。

地砖也换了,没有任何建造商的地砖能够使用超过十五年以上。换成了红色,有的地方已经洗得发白了,有的地方冒出零星半点的色斑。原来是什么颜色?绿,还是接近于白?房东讲起话来总像是在吵架。

"这里已经住满了,暂时没有空房!没有!空房!没有空房可以住了……暂时没有,以后不知道!等下,我去看看锅!"他一边接电话,一边招呼我们。生意很好,还要兼顾做饭,他觉得自己很忙。

他往顶楼走。

你想起什么了吗?林文星转过头来。油烟已经浸入了大脑,我看不清他的表情。

我们站在客厅里,客厅是被保留最完整的一个部分,因为除了所有的东西都被撤走之外，实际上什么也没变，这里放满了各种雨具，地砖已经被湿气侵蚀得几近腐烂。后来，在警察局的每一份笔录上，为了省力，我都从客厅开始讲起。

二姐显得心神不宁。她在削一颗杧果。杧果上贴着一枚亮晶晶的标签，那是进口水果。肉厚，核薄得像一页纸，姨妈从菲律宾寄来的，姐妹们每人三颗。大姐的估计已经烂在了房间里，我早就吃了个精光，现在我盯着二姐省下来的杧果。

她慢腾腾地削着那颗杧果，好像在抚摸它。然而她望着前方，从早上开始，她就有点失魂落魄。房子是对称的结构，中间的剖线是坐标轴。她直勾勾地盯住右侧方，那里一阵婆娑交响。过道里废弃的房间都没有开灯。她说，爸妈这间房子还是租得太大了。她太心急了。过几天，外公外婆、爷爷奶奶也要来过年的。

我盯着她，我以为已经到了一天中最关键紧张的时刻，其实没有。她要开始切杧果了，她看了我一眼，反而放松下来，摸摸我的脑袋，我想，五周岁的时候，我应该还足够娇俏可爱。她如果把杧果从中间切开，我能吃到一半。但并不总是那么刚好，通常情况下，一半大，一半小，那我也能吃大的一半。不过二姐总是笨手笨脚，也许她连一次性剖开都做不到，那么她会把杧果直立起来，沿着四周刮肉下来，几瓣呢？说不好，也许是单数。不过总而言之，如果我提议要把核扔掉，她就会先啃核，她吮吸核上的汁水时，我就能趁机多吃几块肉……

二姐突然之间站起来，那一刻，我相信，她通灵了。她说，我去叫大姐起床。

林文星说，不等房东了，我们自己上楼看看。

厅堂正中央面对大门就是楼梯，房子是对称的，我们往右拐，左边的楼梯堆满了杂物，往左拐，右边的楼梯堆满了杂物。上上下下的人，都侧着身子，林文星和谁也不认识，他走在最前面。房间在三楼，紧挨着的顺序，分别是大姐、二姐和我。走到楼梯转弯的地方，林文星突然转过头来，对我说了句什么。

然而一片嘈杂声中，我只能看见他嘴巴的开合翕动。

二姐很快从楼上下来了，她几乎是像鬼一样出现在了沙发后面。或许是我盯着那颗柠果看了太久，眼睛一时间无法适应来自其他物体的光线，她的脸刷一下变得惨白。

本来我们姐妹三人中，二姐最黑，现在她最白。

大姐不见了。汤圆也不见了。

她几乎是在自言自语。浑身发抖。

汤圆是每天陪大姐睡觉的狗。

汤圆会不会睡在了洗澡间呢？

洗澡间？对，洗澡间，她又往回冲。我大惊小怪地吐了吐舌头，学大姐奚落的语气说，没见过世面的丫头。像只鹦鹉。可是整幢楼房都开始抖动起来，二姐站在洗澡间的地板上，开始惊叫。

她看到了什么？尸体？林文星屏住呼吸，他已经渐入佳境，以为，无论如何都到了故事中最为关键紧张的时刻。

我说，没有，她只是看到了洗澡间里，一池子的狗毛。

什么样的狗毛？他坚持认为，这里面会有什么内容。可是，可以说有，也可以说没有。坦白来说，就是一池子的狗毛。浴缸里放满了水，还没有完全凉透，上面漂浮着一层灰黑色的细密狗毛。泡沫很脏。汤圆就是一只灰黑色的、常常处于很脏状况下的狗。所以这就是汤圆洗过澡的水，这句话没毛病。

林文星说，我们还是来说说重点吧。

我说，这就是重点啊，重点就是，汤圆已经洗过澡了，就在今天早上。

为了让他相信我，我对他说，来，跟着我来。

可是，我走遍了整幢楼房的厕所，被天南海北的旅居者拉下的臭气都熏过一遍，仍然没有找到当年的那个洗澡间。于是，林文星让我问问房东。洗澡间？房东慢腾腾地从楼上下来，看起来像已经吃饱了，他绞尽脑汁地思索着，我则负责提供更多的细节。我说，原来，那只是给家里养的狗洗澡的地方，临时加修的，一个很小的浴缸，连转身都困难，里面堆满了小浴巾、狗毛刷子和宠物沐浴露。他看了我一眼，我知道，这都是些废话。

在紧急出口那里，我灵机一动。

哦，他说，那里早就堵死了。

我感到了前所未有的失望。那个洗澡间，是我在本地乃至本省新闻界声名鹊起的地方。林文星安慰我说，会不会是你记错了，比如说，给狗洗澡的地方，又不是给人洗澡的地方，怎么能叫洗澡间呢？通常，我们把人洗澡的地方，叫作洗澡间，而给狗洗澡的地方……

他的思路很合理，十八年前，就有记者指出，这应该是一间精心设计而后修建的密室，否则，如何解释独独我能够毫发无损生还的奇迹？

于是，当年最轰动的标题诞生了——"密室生还"。这个记者对自己的文采很是得意，但很快就被相关部门严厉叫停。他们说，你可以用卫生间、厕所、小厕所、附属修建的卫生间、还未使用的厕所、洗澡间、荒废的浴室、出故障的浴室……这些都是符合规范、扎根于事实的表述。但是什么小楼梯密室、密室入口、地下通道……是歪曲事实，是绝对不能使用的。那么，他指指我，这个小姑娘是怎么活下来的呢？警察说，还在调查之中嘛。

无论如何，我最终还是说服了他。我说，我跟你说过了，里面什么也没有，只有一池子仍然泛有余温的狗毛。

那么，在超过九点一刻的时候，也就是九点半左右，你大姐还没有走远？她的逃跑路线，仍然局限在家附近。他的推断很正确。大姐就是在起床以后，给汤圆洗了个澡，然后带着汤圆，撇下全家人，卷着铺盖逃跑了。但是，他又说，你说你二姐看到狗毛就开始尖叫，你是不是记错了，这也太夸张了，我猜，是黑社会蒙面的那一伙人已经从紧急出口进入房子里了？

那么，二姐在洗澡间的时候就死了。

实际上，她并没有死？可是警局的卷宗里说，你二姐，的确是刚刚好，死在了那个洗澡间的门口。她长得丰满匀称，韵味十足，把整个门口都堵住了，连一只苍蝇都飞不进来。

如果，二姐在那个时候就死了，请问，警察发现我的时候，我为什么会出现在那个洗澡间的浴缸里呢？

我不敢相信，他竟然会犯这样的错误。我再次觉得，他压根就没有意识到事情的严重性，我生气地摔门而出。他在后面心急火燎地追赶，等等啊，等……等……啊。

他说，是我太心急了，他还没有把话说完。他还说，偶尔相互耍逗一下，是亲密关系的表现。总之，他很专业。最重要的是，他已经找到了当年那个不在现场，却胜似在现场的重要人物——跑到云南去的B君。

第二章　B君

B君，原名陈北焜，清濛人，1969年生，1989年进入刑警大队，1999年为重案组中队长，2000年辞职，2005年复出，自愿赴云南协助参与缉毒行动，因公负伤，后被调往档案所从事行政管理工作。2012年申请提前退休，现随父母移居澳大利亚阿德莱德。

阿德莱德在哪里？

他抖开一张地图，用手随便一指，指到一块蓝色的地方，我就凑上去，盯着它看。像是早就准备好，等着我把这个支离破碎的故事讲完，然后引得B君重磅出场。然而我还是搞不明白，阿德莱德到底在哪个地方。

顺着圣地马拉利咖啡馆走，每周二和周五晚上，奥塞啤酒馆会举行华人乐器演奏的小型音乐会，他会一点二胡，多年来专注于拉一首曲子。上午是遛狗时间，晚餐前也遛狗。他的狗精瘦，他常吃三文鱼熏牛油果，黄油三明治当点心，狗没得吃，拴着链子，在旁边干等。只喝铁观音，国内定期邮寄。每个月两次，独生子彼得的班导师会和他通电话或者发邮件，那是个女人，长得不好看，但很年轻。他娶的太太，是澳洲当地华人，妻子娘家的亲戚，大部分都居住在墨尔本，全家人讲英语，呱啦呱啦呱啦……他儿子的鼻梁骨生得有点过高……

所以呢？

大约等了半个月，我才收到他的回复邮件。

"卓小姐你好。抱歉抱歉。离开国内许久，人事疏于联系，过往种种，记忆淡薄，恍若隔世。接到您的来信，我高兴至极，也欣慰至极，您已经平安健康长大。当年之事，愧疚与自责一直在我心中，我没有能够阻止你姐姐，也没有预料到最后悲剧的发生，想必那是您人生中十分痛苦的回忆，我知道决不能要求您忘却，然而我诚恳地希望它不至于影响您的生活，希望您能振作地面对生活。当然，我知道您现在一定是这样的。

对于您询问的所谓'真相'，实际上，我甚感困惑。我想，或许是由于2005年案件告破之时，您年纪尚小，没有阅读过相关的新闻报道。幸甚至极，几近迁移，当天清濛晚报的头版头条却被我保留了下来，随寄一份给您。2005年3月11日，三合会头目白扇被就地正法，实在大快人心。正义来得迟了一些，已经牺牲了无辜的生命，然而正义终究还是到来了。我相信您阅读之后，一定能够清晰地了解整个事件的来龙去脉，比我以拼凑出来的不完整记忆更为真实可靠。"

邮件发送于2017年4月26日的上午九点半。刚过谷雨，寒潮结束，降水未至，适于补血益气。卓小姐你好。我很怀疑它是否出自B君的手笔。一开始就抱歉，抱歉什么呢？他真的知道应该抱歉些什么吗？我有质疑的理由，我说，上午九点半？他不应该在遛狗吗？林文星说，你的理由是不成立的，他生活规律，上午九点半，一般都在遛狗，但也不是每天都需要遛狗。

那份复印件上写着，2005年3月11日。是当天的报纸，四点钟刚刚走出印刷厂，昂首阔步。整个头版都被占满了，除了东南角的地方，勉强被挤进一则售楼广告。恍惚间，她觉得代言人的神情像极了她这么多年想象中的白扇，站在楼盘模型中央，神情间充满了对于未来生活的笃定信心。"三年前本地重大卓氏灭门案告破"。记者写得有点着急，用词用语都不是很专业。当然了，这句话我是学大姐说的，她在日记里，对除她之外所有的清濛记者都表示了不屑。比如，他们用"灭门案"一词的时候，是否想过我还活着？前段时间，被公安部门"连锅端掉"的黑社会组织三合会已经承认罪行。据组织头目白扇承认，由于记恨福建南方商报记者卓享格对于其组织信息及罪行的曝光，并且屡次威胁恐吓无果。为了销毁罪证，也为了给这个小丫头片子一个教训，也是一时意气用事，事发之后相当后悔，还到清濛大小寺庙里诚心悔过，许多接受了高额善款的住持高僧都可以为这一片痛悔之心作证。当然，这一段加了引号，仅仅是白扇本人的自述。1999年12月30日，他说，他在一时冲动之下，号令手下四个弟兄佯装成入室抢劫团伙，解决卓氏一家人。接下来，记者巧妙地把笔锋一转，是事实性的新闻陈述。在清濛郊区租来的那幢别墅里，父亲卓晋、母亲林秀美和二女儿卓一格当场死亡，小女儿卓格格下落不明，后来在紧急通道的浴室里被发现，成为唯一的幸存者。而大女儿卓享格，在街道监控视频中显示，已于当天上午八点半左右只身离开清濛别墅，踏上前往哈尔滨的长途火车，终点无法查明。2001年2月15日，于河北邯郸市郊区荒坡上发现一具无名腐烂女尸，后经DNA验证，为卓氏灭门案中失踪的受害者卓享格……现在，这桩清濛市轰动一时，造成恶劣社会影响的凶杀案终于成功告破。案件显示了公安部门……

读得很累，我松了一口气。可是还没完呢，我并不满意。

这里面有几个疑点，我说。十二年前，在记者挤进孤儿院强行要对我进行采访的时候，我就对他们说，整个案件并没有成功告破。

凶手是白扇，没错。受害者是卓晋、林秀美、卓一格，没错。事件的起因是卓享格，没错。我是现场的幸存者，没错。但是，还是错了。十二年前，我的词汇量有限，我主要质问他们，汤圆呢？在你们的报道里，你们把汤圆丢了。

什么！汤圆！林文星的反应和当年的记者是一模一样的，又是那池子狗毛吗？

我费了很大的劲，和那一群记者解释说，既不是正月十五吃的汤圆，也不仅仅只是一条狗，是一条叫作汤圆的狗。

他们问我，那么，是这只狗长得像汤圆吗？

我想了想，我说，不，它很瘦，长得并不像汤圆。但是如果他死了，把整个身体蜷缩起来，是会像汤圆的。

汤圆和这整件事情究竟有什么关系。林文星坦白地告诉我，他觉得我就像把狗毛粘在了他的脸上。

没办法，他不相信我。那么，最好的解决办法，是把这个故事再从头讲起。我说，1999年12月30日上午八点钟左右，大姐在浴室里，抱着汤圆给它洗澡。他说，不，再往前倒一点，从你大姐起床开始。1999年12月30日上午七点钟，在全家人还在香甜的梦乡之中时，你的大姐已经悄然起床……就在昨天深夜，她得到第二天三合会即将采取报复行动的消息，为她通报消息的人，就是她的男朋友B君。为了少留下把柄，短信上只写了一个字，"跑"。她想，决不能连累家里人，便连夜收拾行李，准备搭乘第二天一早的火车速速离开。

狗呢？我问他。

他舔了舔舌头。在逃跑之前，她急匆匆地冲到紧急通道处的小洗澡间里，为她的爱宠，一只名叫汤圆的土狗洗了个澡。然后，她带着爱宠，即这只名叫汤圆的土狗，离开了别墅。

我说，逃跑就逃跑，给狗洗什么澡。

他很耐心。卡在这里了是不是？那么，好，我们倒回去，再退回去一点，从给狗洗澡开始。其实，你大姐并没有给汤圆洗过澡。她要搭乘尽量早的火车，必须争分夺秒，在时间上根本就来不及给狗洗澡。为了掩人耳目，她用剪刀剪下一大撮汤圆身上脏兮兮的狗毛，撒在池子里，热水器已经调到了水温最高的档度，她将水池蓄满水，伪装出一副已经给狗洗过澡了的假象。

我说，动机呢？很明显，她是在浪费时间。

他又想了一会儿，对于汤圆的问题，他知道，我很敏感。最后他说，你想想看，也许，是我们的思路有问题。问题就在于，谁说给狗洗澡的，一定是你大姐？有目击者吗？有证据吗？没有，都没有。那么，我们可不可以大胆猜测，其实你大姐根本就没有给狗洗过澡。虽然她平时极其疼爱这只名叫做汤圆的土狗,然而事到临头,她根本无暇顾及。既然给狗洗澡的并不是你大姐,也不是你,而是你二姐,或是你父亲与你母亲三人中的一人。那么,这只狗与这个案件之间,实际上毫无关系。

终于把汤圆赶出现场了,他松了一口气。

可是,我说,这一切还没完呢。既然汤圆不在现场,它去了哪里?现场没有它的尸体,在监控视频中显示,大姐也没有带走汤圆,甚至没有带走任何可疑的物品。

或许是黑社会团伙中的某一个分子,看中了汤圆,把它带走了吧。

你是在编故事。我很有理由表示我的愤怒。

他很累,斜着眼睛看了我一眼,这个动作没来由地让我想起瑶瑶。然而他还是跟我解释说,他没有在编故事,这一切,都是他在档案馆里亲眼看到的。

他说他早就料到会有这么一天,他指着手机中的一张相片。你看吧。2017年5月13日下午,四点四十五分,他的确摆出了一个"耶"的姿势,嘴巴像是在喊茄子,和"档案馆"三个红色匾牌字合了影。脸一半陷在阴影里,另一半暴露在阳光下,拍摄人不明。这很奇怪,他显得不大高兴。

那天公交车太挤了,他跟我解释说。还有啊,拍摄人是谁?还会有谁?不就是那个谁!他拿过B君的信纸,翻过来。不就是这个老谢吗?

"如果您想起了什么细节上的困惑,而我能够记得,我一定帮助您尽可能地回忆。如果您想翻阅当年的材料,我有一个好友至今仍然在档案馆工作,您可以直接联系他。以下是他的联系方式……"

"嘟……嘟……嘟……"

B君的电话打不通。我不确定,他是故意不接我的电话,还是,这根本就不是B君的电话。

"嘟……嘟……嘟……"

老谢的电话也打不通。不过,这不足为奇。现在是傍晚五点半,而事业单位的下班时间一般为:夏天下午五点半,冬天下午五点。如若碰上待遇好的单位,更能提早半个小时。离提早半个小时,还有半个小时的时间,老谢就已经收拾好包裹,把鞋底抹了油,也把秃顶抹了油,抹得光亮均匀。他泡完最后一壶茶,对同事们笑笑。大家都说,老谢啊,你家里还有事的话,你就先走吧。

这个老谢,就是老友。一张纸有正反两面,读完正面,还有背面。我没想到,正面都是些废话,但是背面却躺着一个老谢。可是B君,为什么非得把老谢写在背面?林文星说,你不应该在任何一个细节上,都怀疑别人。

是的,总该有能够完完全全相信的人,身处在事件之外。在烟雾缭绕的档案馆办公室,最潮湿的时候,瓷砖像冒汗一样,都渗出水来。水蓝色花纹,沿着旧椅子爬上腿,人物、山水、花鸟、虫鱼,二十年前就是这个样子,时过境迁,它们在屁股底下也变得轻盈。茶壶揭开,谢老头眯起一只眼睛,他用另外一只眼睛嗅着味道,同事们看着他,多少年如一日,越过他的秃顶,在办公室的墙缝里看到了蛀满的白蚁。只有他自己的目光,越不过去。

"来人了。"他说。

不是背着药壶的防治白蚁工人,我推开门。

我以为,我第一次见到老谢的时候,他一定是在泡茶。我能想象得到当时的场景,老谢身着一件深色碎花布长衬衫,宽大西装裤,站起身来的时候嘴里还叼着茶壶。如果尝试着不翻越他的秃顶,你就会看到光头四周长满茸毛,像脚趾缝间夹的草。他和善地笑笑,具体的五官都打碎在钥匙的响声里。他随手一指说,都在这附近的架子上,你们自己找找、自己看看吧,我们五点半下班。

可是,他掏出了钥匙,那些声音向着同一个精确的方向响起来。某一个架子、某一个隔间,他亲自爬上梯子,在梯子的顶层隔间里对着我眨眼睛。如果不是林文星用他的相片向我证明,这个老头已经是第二次取出这些资料,我一定会怀疑,为何他用衬衫袖子挡去灰尘的动作,也如此娴熟。

洪亮的笑声,中气充足,五官则烧得发烫。头顶在下雨,他无法掩饰住自己的兴奋，探身过来，东张西望。你们要查这个案子吗？2000年的卓氏灭门案？

我问他，你也知道这个案子？

他说，B君年轻的时候很帅，用现在的话来说，就是大长腿。而且吃不胖，他说，这一点最让人生气。B君在警校食堂都吃四两饭，两份红烧肉，吃个精光。他说，我呢，喝水都胖。

我说，那你见过这个女记者吗？努，这个，B君的女朋友？

他说，当年我就说过，警察应该把所有吃不胖的人都抓起来，谁叫他们浪费国家粮食嘛！可是我当了警察，却没有能够把B君抓起来，他一上来就升了中队长……

他说，B君喜欢过的女人，都是吊梢眼。"宁交王八羔子，不交吊眼梢子"。这个B君，没眼光，这样的女人不知道有多可怕。

我大声说，那么您看看，我是吊梢眼吗？

林文星皱起眉头，他看到所有办公室里的人都像鱼一样，在一片喧哗的热浪当中朝这里摆尾。空调坏了，他们对我说，把近视眼贴到我的眉头上，触碰那一片薄薄的眼角膜，就像薄荷一样的冰凉。他们争先恐后热情地告诉我，谢老头有点耳聋，他听不到的时候，我不应当对着空气吼，而应当贴上去，对着他的耳朵咆哮。

事实证明，汤圆不是大姐带走的。林文星也认可，谢老头忙不迭地点头。顺着这个逻辑链条，尽管它生锈了，也可以摸下去。谢老头说，我虽然耳聋了，但并没有痴呆。你们都没有发现这一点吗？客家人特别喜欢养狗。悠远楼，门口就有五条狗。

五条。他伸出一只手掌，表情夸张。

白扇，原名白远征，祖籍福建省龙岩市永定县下洋村，客家人。1951年生人，1980年加入三合会，原为清濛市第一师专学校食堂馒头师傅。手劲浑厚，江湖人称"霹雳掌"……编号6。

老谢说，清濛的这一支三合会……空调修好了，同事们隔着走廊招呼他，今天家里有没有什么事啊，声音传得很悠远。他说没有的，笑起来，眉毛抖得很爽朗。他说，客家人住的土楼，夏天的时候掩映在树丛之中，像一朵蒸熟的西兰花，特别奇妙，转万花筒似的，一到饭点，各家各户合法的、超生的小孩子都跑出来，门廊上晾晒的干衣服、湿内裤、梅干菜、腊肉干、榨菜条……都连成了一体。

老谢边说话边盯着天花板，好像在陷入回忆。我问他，这么说，你住过土楼？

他吓了一跳，怎么可能，我是福建连江人。靠海。

林文星负责拉回重点。白扇给每个人都做了编号？

老谢说，每个人都有编号，狗也不能例外。狗一、狗二、狗三、狗四、狗五。你看，你姐姐的报道里是这样说的。至于是真是假，我就不知道了。

"狗一、狗二、狗三、狗四、狗五、狗六……B君说，哪来的狗六？他是个没有幽默感的男人，白扇自己的编号不就是六吗？B君就拉下脸来，一点不好笑，他说，你真的知道白扇是个什么样的人物吗？"

我和谢老头说，这篇报道我早就已经看过了，它的左上角被撕掉了，剩下的部分，都夹在大姐的日记里。至于日记，我虽然是从十八岁成年之后才开始看，但是到目前为止，基本上，已经能够背得滚瓜烂熟。

谢老头点点头，反正，他什么也听不到。他热情地拿着那篇报道，指给我看："白扇，原名白远征，祖籍福建省龙岩市永定县下洋村，客家人。1951年生人，1980年加入三合会，原为清濛市第一师专学校食堂馒头师傅。手劲浑厚，江湖人称霹雳掌……编号6。"

"我对B君说，当然了，我费了这么大心思，不就是为了找出白扇到底是个什么样的人物吗？B君已经对我说过不下十遍了，享格，我好担心你。他还像不像个男人。"

"近二十年过去，三合会当今的大当家白扇，已经执掌了三合会近五年，从史上最年轻的当家人成长为一套管理体系严密的制定者与坚决执行者。按照入会的先后顺序，三合会的每一位成员都有一个终身编号，无论执行任何行动，都会按照这个编号集结与撤离。据某位不愿具名的三合会内部人员称，白扇宗族观念极重，名下房屋与度假别墅，均按照土楼样式修建装修。生活习性，亦一一遵从传统客家风俗。其重用的三合会成员，无一例外，均为客家祖籍。白扇一向以行事严酷、赏罚分明著称，而这一弱点，在晚年盛行，成为底下小团伙矛盾丛生的引雷线……"

"我让B君给我找一个进过三合会的人，信得过的人，小弟找不到，用人也行。结果，他找来了一个老年痴呆。"

"本月'新闻之星'是本报资深美女记者卓享格，她深入跟踪、调查本市最大黑社会组织三合会，揭露了许多不为人知的惊人信息。据她说，新闻报道，最简单也最为重要的原则就是，真实、客观、准确……记者的使命，就是为人民群众揭示真相。"

"这个老年痴呆的老头，对不起，我实在是火大，他一直在流口水。一边听，一边用拳头在桌子上摩擦。好像那地方有什么必须被擦掉的东西。B君说，任何一个正常的人，都不敢接受你的采访，你是不知道，白扇是个什么样的人物……"

白扇是个什么样的人物？

"三合会里最严厉的内部刑罚，应该是致残。自从白扇当家以来，在管理条例中，犯了最严重错误的成员，应当献出身体的某一部分。然而，本着新闻中实事求是的态度，由于暂无例证流出，其在实践中是否被执行，尚需求证……"

从始至终，大姐都没有说出B君的名字，这来自一个记者的职业警惕，我知道她爱他。可是爱是什么呢？二姐卓一格会说，她这样的人，真的懂得爱吗？大姐她亲吻汤圆的时候，就是爱吧。可是她为什么不亲吻我？我想，在可见的资料与视频中，汤圆凭空消失了。那么在现场的人，谁会抱走汤圆呢？

老谢说，案子已经破了，案件事实已经很清楚了。你还想知道些什么？你只有告诉我你想知道些什么，我才能把相对应的资料拿给你看。如果你连你想知道些什么都不知道，那么这么多资料，你是看不完的。

我承认，事实上，我只需要其中的一部分。在资料中，五岁的我对警察说，前一天晚上，我把老鼠药放到了汤圆的饭菜里，所以第二天早上，大姐看到的，是汤圆的尸体。它蜷缩起来，像一颗在糯米粉里滚过的汤圆，在死后，获得了名副其实的姓名。大姐给它洗完澡之后，下了葬。

然而没有人关心这条狗，也没有人去追究，为何卓享格爱这条狗的程度，超过了自己的亲妹妹。所以，在这条供述后面跟了一个小括号——（无关事实）。

林文星说，现在，你满意了吧。

当我们走出档案馆的时候，天开始下雨。

镜片上的颗粒像面粉一样，被揉匀之后，再被扑打上新的粉末，完整的形状，慢慢地浮出水面。当年的白扇还在捣面团，而刚刚成年的卓享格，第一次胸部发育，内心充满了无限的能量。五岁的我，蜷缩着双腿，对警察说，从小到大，我对天气都异常敏感。我抬起头，发现他们都长得人高马大，没有人在看我，而整个警局，在夏天的雷声中异常聒噪，座机电话像蚊虫一般响个不停。他们充满同情地问我，你，说到哪里了？记录之后，仍旧有一个小括号——（无关事实）。事实上，在这么多年的时间里，我已经惹得他们厌烦。

老谢说，有时候回想一个东西，那种感觉，实际上十分奇怪。好比我今天的行程，我坐车到一个很远的地方。实际上什么也没买，我排了队，但人太多，到一半的时候我就放弃了。于是我又绕回来，回复到原来的选择，那么我中间这一大段的行程都可以省去，我中间这一大段的时间，实际上就是一无所获。

但是，在另一些时候，也许并不是这样。隔天我回想起这一趟旅程，就会发现，只要我不记得是否买了东西，我就能够把这一趟旅程，完整地嵌套进记忆之中。

老谢俯下身，他的汗液滴落在我的草稿纸上。他说，你在干什么呢？

空调坏掉了，室内的气温，沿着体表毛发升高。我对他说，我在收集天气，把所有的天气整理在一起。从1999年12月的第一场雨开始，像在收集一个小数据库。我对警察说过，他们都只是同情地望着我。五岁的我，词汇量十分有限，然而过去断裂的记忆，会在人生数年之后的某一个时间，像一个遗失的零件，重新在灰尘与污垢之间嵌套回来。

我对谢老头说，当然，是贴着他的耳朵吼叫。所有隔壁间的同事，像逆潮的沙丁鱼一般翻涌上来。我说，其实有五个人。谢老头呵呵呵地笑起来，他还是没听清楚，像个傻瓜。

那天进入别墅的黑社会分子，有五个。二姐听到了他们上楼的声音，她跌坐下来，在洗澡间的地板上，这是第二次。而第一次，是我杜撰的吗？当时当刻，二姐跪在我的面前，外面的脚步螺旋上升，像一股穿堂风，从脑壳的缝隙之间呼啸而过，天旋地转。二姐的手凉得像冰块，嘴唇吸饱了墨汁，乌黑透亮。她把我放进浴缸里，我捏紧了鼻子，像一只身材扁平的鲳鱼，沉潜进去。

大姐摸了摸我的前襟，她笑笑，没胸。二姐瞪了她一眼，卓享格，你神经病啊，吃饭的时候别逗她。母亲林秀美说，格格，你今天必须在我面前把饭吃完。父亲卓晋说，格格，再挑食下去，汤圆都快比你高了。

而在水中，汤圆的所有细小毛发，都钻进了我的鼻孔里。大姐的眼泪，变成了透明的结晶体，它们刮得我生疼。一阵又一阵，冷极了，冬天的浴缸是彻骨的冰凉海洋。二姐说，无论发生什么，你都不要出来，待在里面，就像那一年，我们全家人到海南岛玩潜水，你记得吗？海南岛，那是哪一年？我记得大姐和二姐都长成了女人，她们在岸上给对方擦防晒霜。而我还没有胸，我打开衣领口张望。二姐是唯一鲜活的东西，她像一只两栖动物，从浴室的门里爬出去。那第五个杀手，就站在门口，他推开门，走进来。

我乱糟糟的干燥毛发，就漂浮在水面上，无论如何，狗毛都不可能那么长，这是唯一的败笔。肺里剩余的氧气，已经吸附住细絮物而成为黏着体，我的脸有一种胀裂的灼热感，而血液从头顶之上倒流回心脏。

门外，四号杀手解决了二姐之后，问他：里面还有人吗？

他说：没有了。

我对他们说，我看到了那个编号，第五号杀手的编号，就是711。

观看的人群一片嘘声，就像抱着孩子哄撒尿。孩子的一只眼睛，由下往上慢慢地转动，像地球仪。林文星说，格格，我们又不是智障者，你竖着插进水里，如何再能浮起来。

我笑了笑，的确，我完全不记得，自己有浮起来过。从现场情况判断，这几乎毫无可能。可是我之所以说谎，是因为第二种记忆，更加不可靠。人群散去，只留下耳聋的谢老头，他说，你说说看吧。

离开之前，按照行动规则，他们要快速地清点一下人数。这个时候，客厅里的电视机正在播放天气预报，"雷阵雨转阴"，刚好五个字，他们报数的速度很快，井然有序，每一个数字，刚好对应一个字。五个字，五个人，不会错的，如果上面都错了，这一个记忆也不会错的。对于天气，我绝对不会记错的。

最后一个虚弱的声音，"711"，他轻得像一只蚊子。

第三章　711

而711并没有受到审判。

理由很简单，711在现场没有杀人。也就是说，他拿着凶器冲了进去，大声吆喝了一阵，打了一瓶酱油，之后又和大家一起退了出来。

所有的供词都串得乱七八糟。但711没有杀人却是铁证，因为经过那一次灭门行动后，他就残疾了。在审讯室里，他当着所有警察的面，展示了他的残疾，是新伤口。那粉红鲜红紫红错落分布的画面，让所有在场的人都不忍地别过头去，红了眼睛。结果很简单，警察很干脆地把他放了。他出来坐在台阶上，抽了根烟。

昔日的大厦已经倾覆了，就在它拔地而起的地方。清濛市义全区庄府巷975号。记录员的笔迹是歪的。林文星恍然大悟，天河星旅馆？

原先的975号已经被拆分，天河星旅馆夹在两个号码之间。然而，严格来说，既可能是它，也可能不是它。从一层门厅来看，只剩下一个狭长的楼梯入口。瑶瑶坐在某一级台阶上，正是她放学的时间，她却不愿意马上上楼，她盯着我们看，不叫人，也不打招呼。

小　说

　　原先门厅里有两排木椅，客人可以坐在上面休息。保镖往往站在柱子旁边，狗却并不拴在柱子上。比起人来，白扇更信任狗。
　　我问瑶瑶，你们为什么不养狗？一、二、三、四、五，你们家以前是不是有五条狗？
　　林文星说，格格，你干什么。

　　他误会我了，我不恨711。至于瑶瑶，她是个早熟的小姑娘，我只是在跟她开玩笑。离开我的时候，林文星喜欢忧心忡忡地看我一眼，难怪，我总是说一些并不使人信服的话。我承认，我不可能竖着插进水里，再浮起来。至于在预报天气方面的天赋，就凭我自己，也分不清究竟是现实还是梦境。谢老头说，我一定是先看到了档案上第五个人的编号，然后才杜撰出了711的故事。至于二姐第一次跌落在洗澡间地板上的场景，在十八年前我的审讯中，时而出现，时而被删去。我就是这么狡猾，以至于一群警察围着我，他们最终将我送给了心理医生。五岁的我是一件礼物，尽管毛发枯燥，没有胸部，鼻孔里塞满狗毛。711说，没有了，没有人了。他没有回头，说话的声音很小，显得有气无力。他明不明白，我是一件礼物？那时的711浑身沾满了鲜血，丰满的二姐浑身涌动的鲜血就像奶水，喷溅到浴室的门上之后，又向他泼来。他看到我，颤抖了一下，他说没有人了，一个人也没有了。当天晚上就遭到了刑罚。
　　谢老头说，你的整个故事，都充满了问题。你确定711真的看到了你吗？也许他根本就没有看到你。也许他说的是实话。

　　我说过，我不恨711，但是谢老头的论断让我恼羞成怒。"难得起得早，说件很气的事：想洗澡，浴巾却洗了。"大姐的日记变成一些破碎的句子，就像一辆磁悬浮列车行驶在脑壳顶部，我的头越来越疼。每次从档案馆回来，我都从新的页码开始看，躺在天河星旅馆只开内窗的房间里，白天像黑夜，黑夜也像黑夜，十八年前的时空都变成一些思维碎片。她常常无端地就想骂人，"真特么都像极了大傻逼"。我猜，那是一个背着黑色登山包挤公交车的男人，并没有惹到她，对她也不感兴趣。而她有时也会减肥，"早餐：一颗鸡蛋（只吃蛋白）、脱脂牛奶300毫升"，每当我应当吃早餐的时候，我就能看到这句话。于是有一次我问林文星，说实话，他觉得我胖不胖？后来我又去了几次档案馆，谢老头都在。他对我说，档案馆里的资料，看似是事实本身，也许根本不是事实本身。如果这些资料就是事实本身的话，格格，今天你就不会到我这里来了。

他看着我。整个下午，有时候坐得很近，有时候又坐得很远。头发被从两侧向中间用力，抹成了一个凸起的山丘，像一块时下最流行的抹茶蛋糕，正在融化。尽管他很真诚，我还是怀疑他。我问他，老谢，你真的姓谢吗？他稍稍有了点反应，但没有转过头来。有时，他能够接上我的话，有时，又把话题绕到很远的地方，像习惯画抛物线的人。我说，老谢，你真的听不到吗？他总是风马牛不相及地跟我提到那本日记，他提示我，那是院长冒着痔疮的痛楚交给我的。他又说，不过像我大姐这样的人，也许在日记里，也不一定全部都说真话。我点点头，几乎是情不自禁的，虽然我并不真正认识我大姐，他也不认识。他说这些话的时候，就坐得离我很近。过一会，凉快下来，他仿佛幡然醒悟似的，又坐得离我很远。五点钟，他的同事问他要不要回家。

五点半，我问他，老谢，你真的姓谢吗？六点整，我收到了B君回复的邮件。

"您询问我有关'真相'的问题，其实，真相再简单不过，正如您所了解到的那样，我不明白您为什么会有其他的想法，认为还有隐情。所以，我希望这不至于来自您情感上的纠结，而只是一种好奇心。若让您沉溺于过去的伤痛，我认为自己也有不可推卸的责任。"

  林文星说，你简直是神经病。
  林文星，福建省福州市连江县人，1991年生。
  陈北焜，福建省福州市连江县人，1969年生。
  谢耀华，福建省福州市连江县人，1969年生。
  林文星说，你不如说，我们三个人都是同一个人，这样还好些。
  林文星说，你简直是神经病。

可是，事实是，谢老头太胖了。当陈北焜的身影嵌套进谢老头的身体时，就会被他皮肤间的褶皱夹住，像一件衣服，挂在上面。我对谢老头说，为了证明你不是陈北焜，你能不能拿几张年轻时的照片给我看看。

团体照，脸糊在一起，像货架上的鸡蛋。每个人看起来都像是老谢，每个人看起来也都可以说是陈北焜。第一次见面，老谢就说，陈北焜英俊，腿长，爱吃红烧肉，是否有些唐突。或者说，这里面根本就没有老谢，也没有陈北焜。毕竟我既没有见过老谢，也没有见过陈北焜。老谢可以随便指着其中一个发了黄的男人说，这是老谢，这是陈北焜。或者，那是老谢，那是陈北焜。这里面的差别并不太大，总而言之，他说了算。

谢老头说，你简直是神经病。

B君好像也说过类似的话，"卓享格，你简直是神经病"。我能背出来，几乎是脱口而出。在哪一页呢？B君说，神经病，我在想象着那个场景……

大姐把一些奇怪的字符塞进了每两个字之间，它们变成了一个个奇怪的结晶体。可是有时候，我怀疑大姐究竟知不知道自己在干什么。我想象着，大姐也有个身子单薄，浓妆艳抹的朋友，或许也叫作小咪咪，混迹的是警察圈，消息灵通。她一开始就对大姐说，B君是个前途无量的青年警官。第一次，他们在酒吧见面。当天晚上，B君就给大姐打了电话。

就这样，我已经摸到了线索的绳结，在天河星旅馆低沉的天花板之下，我枕着日记开始睡觉。谢老头的暗示是拐弯抹角的，偏偏他听不到，嗓门又很大。真相根本就不在档案里，或许它从未离开过呢？林文星说，这个老聋子的话你也信！尽管他极力撇清和谢老头的关系，可是他鼻孔哼气的声音总像是在表演。连江人？大姐慢悠悠地说，你吃了很多鱼？听说海鲜吃得多的人，荷尔蒙都比较发达。B君的耳朵通红，他像一块适度发酵的面团，等温度适宜的时候，细菌生长，大姐像给饼夹馅一样，在入炉之前，用一支铁制汤勺，舀上一勺蓝莓酱。那一个个夹心的字就像床单间的豌豆，硌得我生疼。头疼欲裂，我明白，她是想重新书写这一段内容。"牺牲色相真是一条无往不利的捷径",再一次,从这里开始,B君在小咪咪的生日宴会上对大姐一见钟情。他缠着小咪咪索取大姐的联系方式,那时候大姐有感情稳定的男朋友,并不想理睬B君。"差点进错厕所,被人拦下了,哎,干吗拦着不让我进呢……B君在门口等我,他很困,站在那里睡着了……我们荒废了多少时间,不知道,只是感觉所有的时间都荒废掉了……不能专心地失眠,B君在我身边酣畅淋漓地打鼾,他多好,我的人生很失败……一想到明天的稿子,专栏,跑步后到底会不会小腿粗呢,读者来信像雪花一般。木木,我跑了半个月了小腿都粗了一圈了怎么办?木木,你说这是暂时性充血那多久会好呢?木木,吃什么东西可以瘦腿呢?木木,我买了瘦腿霜是跑步前多久抹比较好?是顺时针还是逆时针呢……我哭了,B君迷迷糊糊地说,拜托,别吵!他一侧手打翻了床头的台灯,继续睡,现在房间里没有一点亮光……"

或许大姐的另外一个笔名,叫木木。从新闻专业毕业之后,她一直负责的,其实是瘦腿专栏。直到她对主编说,她有一个前途无量的男朋友,所以要开始调查三合会。那瘦腿专栏怎么办?主编问她,隔着一层厚厚的镜片,整个清濛都在起雾。大姐在心里对他说,"特么都像极了大傻逼"。而背着登山包的男人,实际上并不存在。

我惊讶于自己的能力,我对林文星说,你看啊,我竟然读懂了。

警官将我送给了心理医生,因为这个小女孩,总是出现幻觉。而我,怀抱着那本日记,即使踮起脚尖,也没有一只土狗长得高。站在幻觉与真实之间,小咪咪说过,五岁的你,还没有读过那本日记。心理医生刚刚大学毕业,她按照我的症状,匆匆忙忙地翻找书本。最后她斩钉截铁地说,没有错的,这是创伤后遗症。

一个人究竟是否存在过,我问她。其实,这个问题更具体一些,还是关于那条狗。我需要解释,我为什么要毒死汤圆,怯生生地,她却让我深呼吸。警察们都很友善,他们对我说,小妹妹,你只要想到什么就说什么,没关系的,深呼吸。可是实际上,他们的时间点,都是错的。早上九点钟,他们问我,你回想一下,你在干什么?都有哪些家人?他们在干什么?或者,其中一个人提议,往前倒一点点。只要具备了严密的逻辑链条,幻觉随时可以取代真相。我对她说，其实我前一天晚上就知道，大姐要逃跑。前一天晚上，我就看到了那张车票。

只要修改笔录，幻觉就可以取代真相。可是心理医生只是很安静地看着我，她鼓励我说下去。说什么呢？我站在旷野上。那一年，我们在海南岛，二姐抱着我从香蕉船上跌进海里，我们都不会游泳，她身材很好，却穿了一条连体泳衣。回来之后，她教我识字，一天一个字。我什么也没学会，但全家人都不以为意。父母晚年得女，他们将我看作一件礼物。二姐摸摸我的头，又叹气，又笑。五岁那年，也许我还生得娇俏可爱。

或许是嫉妒？天性恶毒？又或者，任何理由都可能成立。我打定主意要毒死汤圆，这个念头，已经在我的脑海里徘徊了一整个月。老鼠药里和有花生与杏仁片，它们薄脆爽口，不论是拌在饭里，还是倒在麦片里，汤圆都会摇尾巴。见利忘义的家伙，我毫无怜悯之心，想象着它爬下楼梯的哀号。而大姐急匆匆地出去了，连鞋也没换，这正是大好时机。我走进房间，车票就摆在桌子上，盯着它，时光流转，灰色电钻切入脑壳，边角被揉皱了，它像一具干燥色衰的身体。

1999年12月30日9点47分。把这一连串数字当中的汉字抽掉，就变成了19991230947。我很高兴，把它写在了我的手掌上，拿给二姐看。二姐对我笑了一笑，父亲问我，是不是准备买彩票。后来，大姐回家，我同样伸出了手掌，她把我的手夺过来，动作迅猛。她说，你都看到什么了？我说，19991230947啊，我要去买彩票。

心理医生并不相信我说的话，她只是朝我点头，那意思是鼓励我说下去。说什么呢？这样故事又从第二天早晨大姐起床后开始，汤圆挣扎了一夜才死。那么汤圆的死亡时间，就是档案中故事开始的时候。直到几天之后我在医院里醒过来，又过了好几天，我才想起来，我见过这张车票，还能背出这个数字，19991230947。而车票上的汉字，我一个字也不认识。

可是，如果看到车票的人，是二姐呢？

这个想法冷不丁地跳入我的脑子里，我浑身抽搐了一下。心理医生起身去关空调，并不冷，她只是吓了一跳。回忆完了，我还站在旷野里。那一

鱼 脸

年夏天，台风正面袭击了清濛，我们却在海南岛。二姐从香蕉船上跌下来，一只手抓住救生圈，另一只手想拉我。而我，躲在她身后的阴影里，两只手像用铁焊住似的，紧紧地抠着救生圈，邻居们都说，无论是从长相还是性格来说，我都更像大姐。二姐头发披散，显得更加摇摇欲坠，于是救生员决定先救她，他环抱过她的腰，而她蜷缩着身体。我用号啕大哭来分散我的注意力，他们都说，无论从何时来看，我都不会像是一个要死的人。

我对警察们说，接近九点半，二姐从客厅奔到洗手间，看到那一池子仍旧泛有余温的脏水，瞬间尖叫起来，跌落在洗澡间的地板上。他们问我，是用"跌落"这个词吗？我说是的，就是"跌落"。他们点点头，对我丰富的词汇量感到吃惊。

接下来呢？他们问我。我仰起头，清一色人高马大的男人，长着几只形态各异的脑袋。我要了一瓶冰雪碧。

二姐跑回客厅，她一直在发抖。然后她自己摔了自己一巴掌，在我看来，这一切都滑稽可笑，像一场独幕喜剧。她对我说，快去穿鞋子，拿点钱，我们要马上出门。她自己再次往楼上跑，准备去叫醒父亲和母亲，他们都像吃了安眠药似的，一点声音也没有，一直昏睡不醒。

其实，尽管二姐尽最大的努力使自己镇定下来，但她还是慌乱得无所适从。这里的顺序错了，完全错了，她应该让我去叫醒父亲母亲，而自己去收拾一些金银细软。因为当时的我，只是走到房间里，掏出枕头下面的小金库，数出五块钱，一、二、三、四、五，小心翼翼地塞进口袋。

我很大声地叫嚷起来，二姐，我准备好了，我们走吧。我甚至带上了一个春游的书包，一个小水壶，还有一顶帽子。我拨正了它的尾穗，前门的门锁就被撬开了。或者说，是前面的门锁被撬开之后，我才拨正了它的尾穗。这没关系，因为画面就要碎裂。我说过了，整个楼梯开始剧烈地摇晃起来，整幢楼天旋地转，也不过是一瞬间的事情。我躲在房间里，一只眼睛，和门锁的洞眼一般大小。

后来呢？我仰起头，又多了几只脑袋。

后来的事情，你们都知道了。

警察们问心理医生，她哪一次说的是真的呢？从科学的角度来说，哪一次，有比较大的概率，成为事实？

　　林文星说，你不是说，你二姐跌坐在浴室里的地板上，就开始惊叫吗？从你的回忆里来看，你二姐的反应，正好能够说明，前一天晚上看到你大姐车票的人，并不是你，而是她。

　　对，没错，就是她。她没有看到大姐已经急匆匆地出门，摸着扶手，一路走上了楼梯。为了省电，没有开灯。她说，大姐，吃饭了，大姐呢？推开门，一只角缩在夹层里，和钱包一起放在桌子上的，就是那张红色车票。毫无疑问，她能看懂所有的汉字，包括数字、起点、终点、时间、乘客，可是她懦弱、胆小、一无所知。她看了一眼，又把它放回原处。她错过了这唯一的机会，唯一一次，能够通知给所有人，救出全家人性命的时刻。是她，不是我。

　　可是，问题就在于，毒死汤圆的人，明明就是我。即使是在今天，让我毒死另外一只狗，我也一定会抓住机会，心满意足地去检验成果。恶毒、嫉妒，或是其他任何的理由，都不会改变我行动中的规律。如果我不能亲眼看着汤圆把饭菜吃光，然后悲惨地挣扎而死，那么我那天一定毫无胃口。而实际情况是，我吃下了一大碗饭，二姐摸着我的头，又笑、又叹气，一家人其乐融融。心不在焉的人，是大姐，她说，我吃好回房了。其实她根本就没有吃好，只不过无人在意。那么，我一定已经去过大姐的房间了？我问我自己。我是否真的能够确定自己去过大姐的房间？可是，就算我去过了大姐的房间，就在晚饭之前，我一定见到了那张车票吗？有没有可能，我进了大姐的房间，可是根本就没有看到什么车票，我不识字，这完全说得通，也情有可原。并且，我进过大姐的房间，并不能排除二姐也进过房间的可能。也许二姐进了大姐的房间，在我之前或者之后。在等待晚饭，和大姐回家吃饭的这一段时间里，究竟发生了什么？可是，即使二姐真的进过大姐的房间，我又如何保证，二姐一定看到了那张车票呢？

　　林文星说，其实，还有一种可能，车票根本就没有放在桌子上，而是被你大姐收起来了。或者，你大姐急匆匆地跑出去，就是去买车票。不管是你、还是你二姐，抑或是你们两个人，即使都去过你大姐的房间，也都没有可能看到车票。因为那时候，车票根本就不存在。

我觉得，他已经开始对我感到厌烦。

B君说，卓享格，你简直是神经病。我找到这一页了，尽管每一页都像是从天而降，既无前因，也无后果，像可以夹进任何馅料的三明治，我想象着那个场景。B君坐在软皮革大靠背椅子上，而我的大姐，在被她俘获了的男人面前总是得意忘形。他问她，"你知道这样做的后果吗？"他的脸通红，显得痛苦。眉毛联结得像昨天傍晚的火烧云。大姐乌黑的眼眸里毫无情绪。二姐说，她第一次来例假的时候，哭着找她，大姐就是这副表情。五岁的我，盯着大姐。她弯下身来，你没胸。胸是什么？我问她。通篇日记里没有一个字提到家人……

"我们在高速上已经开了三个小时，B君一声不吭，我拿不准他的态度，他是不是已经对我感觉到厌烦……我反复检查摄影机，上上下下，B君把音响调到了最大，我默不作声地看向了窗外……工厂到了，躲在丘陵后面，我很兴奋，我的摄影机拍个不停，仿佛它还是出厂设置，从来没有被使用过。B君在很远的地方抽烟，他说不过来，你自己去，后来他还是悄悄来了。拍够了，回去吧？他用手来强拉我，这么冷的天气，他手心里都是汗……下雨了，工厂外的人乱成了一团，拆货、卸货，我身边的这个人显得无动于衷……价值多少的海洛因啊，他们的脑细胞飞快地运转起来……背着大大的双肩包左冲右突怎么都像极了大傻逼……"

然后，慌乱之中，大姐就进错厕所了，她觉得自己已经无法掌控B君。"差点进错厕所，被人拦下了，哎，干吗拦着不让我进呢……"

当然了，这只是其中的一种读法。躺在天河星旅馆冰凉的床板上，重来，我还可以再想象一次那个场景。大姐邪恶地对我笑笑，除此之外，她就是每天早出晚归摆在卧室门口的那双拖鞋。通篇日记没有一个字提到家人，只剩下她和B君见招拆招的恋爱故事。不，或许她是真的爱B君，她总是说B君、B君，她以为，我会不知道B君就是陈北焜吗？她死后，B君马上申请调去了云南。他已经忘掉了这个阴魂不散的女人。据说他受过重伤，双耳已经完全失聪。在最后一声枪响之中,他想,卓享格,你终于得逞了?

　　林文星顿了顿说,我和B君不一样。他又停顿了一次,更长的时间,然后说,整个天河星旅馆,所有人都以为我们在谈恋爱。
　　不是吗?
　　是吗?本来,他想向窗外啐一口痰,可是忍住了。
　　这是内窗啊。我说。

　　"牺牲色相真是一条无往不利的捷径"。胸部发育完成之后,我就读到这句话。可是大姐没有教我,如何把握其中的尺度。事实上,她是个傻瓜,将自己整个献了出去。我出生的时候,接受完洗礼,已经年迈的父母都热泪盈眶。在洗澡间,分手之前,二姐对我说,无论发生任何事情,都不要从水里出来,她很平静,独幕喜剧演完了,表情已经耗尽。我是一件礼物,这一切的启示,都要从那个男人开始说起。我以为我要死了,从香蕉船上掉下去的时候,事实上我都从不感到绝望。而他说,没有,没有人了,我就沉入了水底。确实,我没有可能看到那个编号,至于对天气预报的精确感应,也没有任何科学依据。当时的情况是,我只要一浮起头,门口的四号杀手就会看到我。可是我活了下来,走出了浴缸,所有的人都瞠目结舌。报纸已经走出印刷厂,来不及改换标题了,只能写"灭门"。"灭门"之后,我就变成了一个幽灵。这是我在六周岁以前的全部印象,清漾,乡间小楼,阴雨天,十二月。只有我看到了第二天的天气,下了一个月的雨终于停了,晴,有风,无云。
　　我能感受到他的气味,711。我试图形容,林文星哭丧着脸,对于他来说,这又是个悖论。毫无疑问,我在拖延时间,是这样,又不是这样。因为他自始至终都不明白,我是一件礼物。
　　什么礼物?他问我。他一推门进来,外面就开始下雨。内窗上没有水汽,空气却湿得一层一层地冒汗,一切都是美中不足。他的嘴里发臭,像酒精,也像土笋冻里的大蒜。探身过来,隔着冰凉的地面瓷砖,我曲着腿,成为一个音乐盒上的廉价转盘。"小咪咪告诉我,B君是警察局最有前途的青年警官……"当天晚上，喝醉了酒的B君就拨通了大姐的电话。我开始发抖，那个说我长得像大姐的邻居，她的右侧脸颊上堆满褶子，她是谁呢？而我，我不是大姐，我感到害怕。

"毫无疑问，他是个流氓……时间过得漫长、湿热，我扭过头去，手臂伸得再长，也够不到那扇窗户……世界碎裂，我就会流下眼泪……牺牲色相真是一条无往不利的捷径"。噩梦中，我一会儿是卓享格，一会儿是卓格格。我不是大姐，我也不愿意成为大姐。她是个噩梦，而陈北焜已经走出来了，我嫉妒的人是他，他仅用了失去两只耳朵的代价。我号啕大哭，两只手像用铁焊住似的，紧紧地抠着床板。无论在何种境况之下，我都不会像是一个要死的人。林文星抱紧了我，大姐的日记又来了，"B君把我搂在怀里，他说，我明天就和女朋友分手……我竟然有点感动……他再次劝我，现在三合会势力还太大，你这么做很危险，警方里都有他们的人，如果你执意调查下去，我怕他们报复你，我很担心你……我哭了，我想他不会是要反悔吧，我不是在装可怜而是恼羞成怒，然后B君竟然也哭了，我不知道怎么回事……B君搂得更紧了，他说，好，既然你要真相，我会帮你……"

林文星猜到了，他已经渐渐地开始明白，我要找的人，其实不是陈北焜，而是711。所以，他才感觉到那么灰心丧气。他说，你不能对711有那种感情，他是个残疾人。

他不甘心，收拾东西，准备离开时，雨还没有停，他走到门口，又转过身来。要不要拿走我的伞？他的一只手伸出来，另一只手还停留在原地。隔着走廊里的光，他的面孔一阵一阵地，开始变得明暗不一。你别想了，波哥不可能是711。

为什么不可能？

他拿走了伞，张了张嘴。然而我听不到他说的话。暴雨之夜，电视机画面上会突然接收到一片雪花。什么陈北焜，什么阿德莱德？谢老头说，如果资料上说的都是事实的话，格格，今天你就不会到我这里来了。从那时起，他，林文星，就失去了利用价值。而我不是大姐，他知道我不是，他知道，我不会在日记里从一而终地将他的名字写成L君。所以林文星特别对我说，不可能。怎么不可能？童年的那个心理医生，在我的面前翻过书本时，就已经消失在我的幻觉里。我摸到了大姐日记的绳结，像电流流过身体，在天河星旅馆的黑夜里，我在自己的身体里闻到血的味道。第一，这里是义全区庄府巷975号，夹在两个号码之间的，是天河星旅馆。第二，在不符合原先建筑结构和装修方便的情况下，波哥毫无理由地，将旅馆装修成了客家土楼的式样。第三，瑶瑶从不喊波哥爸爸，波哥也从没说过，瑶瑶是他的女儿。那么，这两个人到底是什么关系？

还有，最后一点。我能够感受到他的气味，711。它翻涌而来。

"你该不会是记者吧"，故意地，他用一种轻描淡写的语气问我。倚在门框上，鸡肉塞在牙缝里，而食物的残渣还没有咀嚼完。他的舌头不断地去触碰齿龈缝隙，唾液飞溅。当它弯曲到一定角度，准备往前拱起时，菜叶，或者肉渣，都被一种柔软而频率极快的力量顶出。他一张嘴，一个圆形的、硬币大小的缝隙里，是一股积腐的、令人作呕的气味。

里面还有人吗？

他说："没有了。"

时光流转，一股积腐的、令人作呕的气味。蚊子以一种优雅的姿势，俯面贴在电蚊香上。我已经长大了，完好如初。而他就站在我面前，这就是711。

可是，我无法逃避这个问题。关键性的证据，我还没有得到。或者，确切地说，实际上，我没有任何证据，来证明波哥就是711。一切也许只是童年的幻影，我拿着一根垂竿，等待运气。在我坦白之前，林文星就已经猜到了这一点。万一我钓鱼成功，并不影响我和他的恋爱关系。万一，就像他所说的，波哥并不是711，那么，他将竹篮打水一场空。

所以他说，波哥不可能是711。

可是他的话，显然虚弱无力。其实事情很简单，白扇在十八年前的那个夜晚，就在711的身体里钉下了一个万众瞩目的烙印。我需要看看他的身体，找到那个残疾的烙印。十八年来，或许我找来找去，都是白费力气，答案就在这里。我俯下身去，十八年，这个洞窟，在我心里一直亮晶晶的。

在我的心里，我是属于711的。这种隐秘而难以描述的爱情，是认为从前的卓格格已经死了，而幸存的卓格格，是为这个男人封存完好的盛馔。在孤儿院里，我无数次想念的，不是我死去的家人，而是神秘的大姐和711。林文星，在这个故事里，完全就是一个多余的角色，他再也没有自告奋勇地替我破案。他现在知道更多了，自从711在这个故事里出现，我们都在接近答案，十八年前的答案，和今天的故事的答案。

接下来就是波哥。我必须知道他是不是711，我需要看看他的身体。我敲响了他的房门，他开门之后，还是日常喝醉了的样子，眯着一只眼睛看我。通常这个点钟，他都喝得醉醺醺的。他问我，现在几点钟了，他还没有吃饭。我摸摸他的肚皮，我说你记错了，已经吃过了。酱爆猪肝，红烧排骨，蒜蓉空心菜，紫菜蛋花汤……

他笑了，点点头，像一个温顺的孩子一样在床沿上坐下来。那明天再吃。他说。

我伸出手去，他吓了一跳，你干什么？

我说，你在白扇那里做事的时候，编码是多少？711吗？

他好像听不懂我的话，睁大眼睛望着我。那一刻，像突然进入冷气房，身体一阵紧致收缩。第一次见面，我们彼此之间饶有兴趣，又充满了戒备心。小咪咪说，天河星旅馆不是个简单的地方，那个老男人波哥更不是等闲之辈。她的话绝不是空穴来风。可是当下，他那么茫然地看着我，隔着那么多年的距离，记忆正在和空气中稀薄的水珠融为一体，模棱两可，似乎都可以被冲刷干净。没有科学依据的幻觉，像蛋壳一样，每天早晨，身体与心灵分离。大姐只吃蛋白，她问B君，说实话，你觉得我胖不胖？

然而我没有机会了。那些在湿漉漉的平面上生长的小草，南风天，微微潮红的皮肤和墙壁。活得不甘心，在北回归线那里，想象着美丽的、在航海的转弯处嫣然一笑的热带雨林，所有这些，都曾经出现在我青春期的梦境里。现在，它们像一幅画一样，在人生接踵而至的任何脆弱时刻，如蛋壳。门那边突然出现了一条缝。

你们在干什么?

循声看去。土楼的墙一夜之间,全白了。白扇站在门厅里,这一幢看起来憨厚无比的建筑,就是他的整个帝国。冷的时候,穿着秋裤,他也会发抖。而躲在那个门缝里的,一只眼睛和一个锁眼一般大小,是我们的小朋友,瑶瑶。

第四章 瑶 瑶

瑶瑶!

"难得起得早,说件很气的事:想洗澡,浴巾却洗了。"(日记)

瑶瑶的肩头耷拉着一条毛巾,水珠顺着发梢滚动。波哥不是她的父亲,但是他们相互依赖。也许波哥做得比任何一个父亲都要好,醉醺醺的波哥,会帮她吹干头发。而她长到这么大,还不会使用吹风机。

窗户后面划过一道闪电,在镜子里,映照出她惨白的脸。那不是她的脸,瑶瑶,我再次看了她一眼。那是我的脸。这个小女孩让我感到害怕,长久以来,我都搞不清楚她到底几岁。她站在阴影里,走廊里是声控开关,她走下楼的时候,灯却没有亮。两只脚都站在阴影里,水珠已经滴落到她的衣服上。她看着我们,在开口说话之前,我想到在大姐日记的某一页。她对B君说,出事了。

能出什么事呢?她不过是个孩子。

"它不过是个孩子。"通篇日记,没有一个字提到家人,却提到了汤圆。我试着用各种语气去朗读,最后,我能想象得出那个场景,大姐说这句话的时候,似乎在搓着那一团清洁得很少的灰黑色狗毛。"它只不过是个孩子。"又是汤圆,可是语气似乎变得有些恼怒。"可是它是个孩子。"这又是什么语气?一个转折?一个拉长了的余味,需要在哪里转弯?

它不过是个孩子。

它只不过是个孩子。

可是它是个孩子。

这三句话可以串起来,连成一体看。也可以单独分开来看。这三个

"它",可以都是汤圆,可以都不是汤圆。也可以,其中一些是汤圆,而另一些并不是汤圆。在某些关键的时刻,汤圆总是会出来捣乱。然而事实是,最后的核心,或许都并不指向汤圆。这是它的报复方式吗?

瑶瑶说,男性用"他",女性用"她",而动物用"它"。林文星说,即使用了"它",也不一定是指没有生命的东西。比如,"它"……

当然,他说这话的时候,清濛还在下雨。所以他才借走了我的伞。而时至今日,我们之间是什么关系。

此时此刻,瑶瑶说,你们在干什么。

事实上,我们什么也没干。波哥就是711的论断,将永远停留在我的记忆里。711是使我重生的男人,可是他消失了,身体的残疾留在了2005年的报纸上。我将711视为恩人,因为就在我即将从水缸里浮出来的那一刻,他动了恻隐之心。然而谢老头说,格格,也许事情并不是你想的那样?他的意思是,即使当时我就在现场,看到的,也未必是真正的现场。或者,这一切本身就荒谬可笑。所以林文星说,卓格格,你简直是个神经病,反而有一定的科学依据。总之,瑶瑶已经吹干了头发,走出房门,她并不上楼,也不下楼,她在干什么?最后,她转过身来,隔着两层浅浅的台阶,盯着我看。你别得意,她说,现在你年轻漂亮,林文星是你的。要不了十年,他照样属于我。

等你的胸部发育出来吗?我几乎是在嘲笑她。这个小姑娘,她知不知道,这样反而挑动起我的兴趣。十八年前,大姐盯着我说,没胸。我就把口里的饭都喷在了她的脸上,所以我们才互相仇恨。

匪夷所思的是,她说,是的。

瑶瑶究竟是谁呢?她是不是林文星的密探,所以出现在了波哥的房间门口。她本来躺在床上,接到了消息,然后一骨碌地起身,把头发弄湿了,随便抓了块毛巾搭在肩上,就冲到了房间门口?可事实上是,她的确洗了头发,发际间漂浮的都是洗发水的味道,没冲干净。波哥笑着,摇摇头,我没有想到,他们两个在一起,竟然其乐融融。唯一焦灼不安的人,是我。在我即将得到答案时，一切又戛然而止。又或者，这根本就不是答案？我的钓鱼行动失败了。波哥像是从来没有听懂过我的话，而瑶瑶，是个莫名其妙的闯入者。所以，第二天林文星就来了，他来还伞。他把伞立在门脚边，用皮鞋的尖头，去蹭墙上的白灰，然后用手抹掉，一遍又一遍，最后抬起头来，眯着眼笑。他问我，清濛的雨停了，真是出乎意料，这一次，我有没有猜到？

我很难回答这个问题。我并不仅仅依靠气象、云朵、空气和湿度的变化来判别天气。气象播报员的衣领都浆得笔直，他们并不清楚这其中的玄机和意义。人身体的每一个部分，闸门开合，都会与天气发生反应，就像化学溶剂。比如，我对谢老头说，我听到了"711"这个编号，就是依靠声音。而711的气息掉落在声音里，并不纯属无稽之谈。波哥摸着走廊的扶梯走上来，木制的扶手有刮擦声，他走得很慢，木屑都很安静。然后他停在楼梯平台上，开始大口喘气。血液里都爬着蚂蚁，他的两条眉毛，皱成了一座桥。我说，你身体内感觉很潮湿吗？他莫名其妙地盯着我看，气息开始模糊，我如何确定，那是711呢？现在，我不仅怀疑身边的每一个人，我更应该怀疑我自己。也许他们是对的，我就是神经病。他是711，或许完全只是我的想象。可是，万一他就是711呢？我抓着那条绳索，不肯松手。我说，我并不仅仅依靠气象、云朵、空气和湿度的变化来判别天气，实际上，我天生就对气象、云朵、空气和湿度异常敏感。他点点头。他说，你不用猜了，我自己来说吧，我患有严重的风湿病。摸着冰凉的木制扶手，往前移动了一小段，还站在楼梯平台上，他毫无必要地又补充一句，从我很年轻的时候就有了。

多年轻呢？

大概有十八年了吧，他说。

我完全有理由怀疑，波哥、瑶瑶和林文星已经站成了一条同盟，就像曾经令我困惑的陈北焜、谢耀华和林文星。林文星总是这样，类似于汤圆。他推动着事件前进，又往往卡在了事件中间。可是这条同盟，甚至能够匀出一个大小适中的位置，挤进谢老头。谢老头说，你的整个故事，都充满了问题。你确定711真的看到了你吗？也许他根本就没有看到你，也许他说的是实话。

既然我无法确认波哥是否是711的事实，曲线救国，我能够确认的是，早在十八年前，波哥就已经成为一名严重的风湿病患者。可是，这是否也来自林文星的诡计呢？他对我说，这样谜底就揭开了，波哥不可能是711。波哥既然有严重的风湿病，白扇如何会派这样一个手下去执行杀人灭门的任务呢？你不要忘了，1999年，那可是白扇的全盛时期。

我没忘。1999年12月30日，最后一个虚弱的声音，轻得像一只蚊子，"711"。一号、二号、三号、四号，他都不是，他是第五个人，以惨烈的身体印记，说服了所有人，他没有伤害过任何一个人，就在1999年12月30日。

其实，或许事情并不是我所想的那样。身在现场，可是自始至终，我都并不了解真相。腮帮子鼓起来，纷乱杂毛下的脸，就像鱼临死前拼死浮出水面的鱼肚白。水，成为隔离的媒介。如果你穷追不舍，紧随其后，没有这么一个人？我十八年来的生活逻辑或许会轰然倒塌。站在水缸边，711并没有动过什么恻隐之心，而我能活下来，纯粹是靠误打误撞。1999年12月，清濛下了整整一个月的雨。当月，大姐没有记日记，而在六月份的梅雨季节，她已经说过，墙上的汗液一层一层地渗出水来，像脱皮。门被撬开了，711走上楼梯，白墙壁，一层一层的白灰粘在他濡湿的手掌之上。他们都走得很快，气势汹汹，711落在最后面，脚重头轻，像下半身开了一个马达，无数的蚂蚁在爬。

每晚睡觉之前，膝盖那里都会疼痛。他揉了又揉，还像是杵着一个冰块，不大不小，然而一到下雨天，他就失去知觉。白扇为什么会挑选他来执行任务？他甚至怀疑，白扇能否叫出他的姓名。可是并非所有的事情都能够簇拥丰满的逻辑。白扇只是对他说，你去吧。去哪里？直到临出发前，他们才给他指出这幢郊区别墅。

实际上，一号、二号、三号、四号，他们都对他极其轻蔑。除了白扇无法完整地叫出他的名字之外，其余四个人，都认识他。他们知道他的生活习性，知道他的喜好和弱点，就像两栖动物，在水里待久了就想上岸，在岸上待久了又得回到水里。在下雨天湿气弥漫的日子里，他把自己裹在被子里瑟瑟发抖。膝盖疼得就像两个肿胀的冰块，它无法完整地伸直或者弯曲，只能保持一个微微弯曲的尴尬角度，再弯下去，冰块与骨节之间就会折断。这夸张吗？但也不是完全危言耸听。他们说，你小子快点啊。他说，来了，来了，就来了。他不明白，为何要对这个女孩子的一家赶尽杀绝。在他看来，这个女孩并不是勇敢，也不具备任何威胁性，只是精神有点不正常。有一次，他看到她站在那个警察旁边，笑起来，那样子笑，他就明白了。不过，她还挺漂亮，他觉得可惜。女孩跑了，情理之中，就像他已经熟识她，并且知道她的性格。可是家人没跑，这就有点滑稽了。他们手无寸铁地望着这四个男人，冷不丁地，从第四个背后，又冒出第五个来。他看到，她还有一个妹妹，也很漂亮。

  他知不知道，她其实不止有一个妹妹，她还有一个更小的妹妹。卓家的女儿都很漂亮，而最小的这一个，正潜伏在浴缸里。十八年后，当我真正走出浴缸，711已经销声匿迹。即使在十八年前，我的浴缸旁边真的有一个男人叫作711，枝叶也在这里发生了分叉。可能性之一是，他的膝盖已经疼到无法迈进浴室，毕竟1999年12月30日这一天，雨还没有停。他只是站在浴室门口，粗略地一望，我的毛发，就和漂浮的狗毛纠缠在了一起，没有了，没有人了，这是实话。除了这么说，还能怎么说呢？又或者，他强忍着疼痛，迈进了浴室里，可是眼前一片星光，光线不好，头晕目眩，他甚至看不清自己的手指。没有了，没有人了，这也是实话。还有，我一直以为的，他看到了我，只是不想杀我。没有了，没有人了，这才是恻隐之心。我想见711，和这些纷繁复杂的逻辑链条有关，而和他有没有残疾，实际上无关。而话说回来，即使波哥真的残疾了，他也未必就是711。白扇的手下，凡是被处罚的，都是711吗？波哥可能因为和711一样的理由被处罚，也可能因为其他的错误被处罚。波哥可能是因为处罚而残疾的，也可能，波哥天生就有点残疾。我应该问我自己，你确定你已经走出浴缸了吗？事实上，直到今天，我都无法走出那个浴缸。711是我的救命稻草，我抓着它，想顺势爬上来，而线索又在这里断裂。

  曲线救国，我没有想到的是，有一个人，从视野之外迈进来。直到她完全出现，我才看清。哦，瑶瑶。我说过，我总是拿不准她到底几岁，她一定不会活得比十八年更加长久，十八年前的那个现场，她不在。

可是她的出场太惊艳了。她说，"你的身份证是伪造的"，你明明有一张真的，为什么用假的？她对我穷追不舍，总是出现在楼梯平台上，戴着幼儿园的礼帽，说话的时候，有时看着你，有时又转过头去。她有一种出人意料的刻薄与冷静，有多少来自复杂环境中长大的磨炼，又有多少来自先天的秉性？看到她，大姐的日记就以一种更快的频率，翻涌进我的脑子里。像电钻，富有侵略性。日复一日，凿开一个缺口，并且都是乱码。我的头更疼了，在楼梯平台上，好几次，我都要重心不稳。她乌黑的眼眸里毫无情绪。二姐说，她第一次来例假的时候，哭着找她，她就是这种表情。"她"是谁？我感到疑惑，她不是波哥的女儿，那么她是谁的女儿呢？她为什么住在天河星旅馆里？为什么，我觉得她像大姐。二姐轻易地得到了一块物美价廉的日用卫生巾，她说，我一开始以为那是尿布。而她没有理睬我，独自留我在楼梯平台上，忍受着身体上巨大的胀裂感。"她"是谁？我感到疑惑，或许她比我更像大姐。我像大姐吗？实际上我不像。我连大姐的日记都读不懂。现在，我自以为我读懂了，可是，我明白，读的方式，也许并不仅仅一种。瑶瑶看着我，总有某一些瞬间，我觉得她像是卓家的女儿。

卓家的女儿？现在林文星的策略，是取笑我。既然我怀疑他，他并不想再帮我。更何况，事情发展到今天，一切都变得更像是一场闹剧。你不觉得很好玩吗？你不觉得很有意思吗？他不避讳，有的时候，他确实是在和我开玩笑。

开开玩笑也不错。你不是也在和我开玩笑吗？他反问我。什么？卓家还有第四个女儿？

我知道，卓家没有第四个女儿。生完我之后，母亲已经绝经了。所以他们格外疼爱我，我是一件礼物。可是，除了母亲之外，大姐、二姐都没有绝经，十八年之前，她们都已经具备了生育能力。而二姐死在了浴室门口，在她死前和死后，我都见过她，这里面的时间，没有缝隙。即使她怀孕了，那个孩子也已经死了，就死在这个并不存在的缝隙里。那么，大姐呢？要是她怀孕了呢？

这并不是一个空穴来风的猜测。

"它不过是个孩子。"

"它只不过是个孩子。"

"可是它是个孩子。"

你们忘了，这三句话了吗？事实上，不止这三句，大姐反复念叨着，孩子，孩子，它们像黑胡椒调料一样，撒在日记的各个角落里，意义不明。瑶瑶说，男性用"他"，女性用"她"，而动物用"它"。林文星说，即使用了"它"，也不一定是指没有生命的东西。比如，"它"……

如果大姐有孩子，我对他说。我想我能够原谅她，尽管这样的原谅极其艰难，但起码说明，她还有那么一部分，能够被我所理解。她对B君说，出事了。这里的时间轴，还没有推到1999年12月30日。她并不知道即将到来的灭顶之灾，也难怪，她不会预测天气。并且，还没有对这个不请自来的生命产生过情感。一意孤行，仍然要推进她的调查计划。她是勇敢？还是有新闻理想？还是想要一鸣惊人？似乎都不是，B君越来越不懂她了。事实上，如果有任何可能性，他都要极力劝她收手。不仅仅是为了她，更是为了他自己。他说，只要你停止调查，我马上就和家里说，我们结婚。甚至他说，结婚后我们就移民到阿德莱德，不像是在开玩笑。可是，他真的说过这样的话吗？大姐的眼睛眨了一眨，用一种满不在乎的口气，就好像这个"它"是个动物、物件或者任何没有生命的物品。"它不过是个孩子"。

可是后来，在整个潮湿的十二月，它都像一个温柔的气泡，在她的体内扩充、膨胀。就像汤圆，它刚刚被买来的时候，只是被拴在门口。后来，它锲而不舍地在她的房间里转来转去，她就对它产生了感情。是"他"，还是"她"呢？她拿不准主意，所以仍然用"它"。"它只不过是个孩子"。在这里，有一些犹豫，或者是停顿，这不像她。她急切地，恨不得把日记中文字的每一个缝隙都填满。"难得起得早，说件很气的事：想洗澡，浴巾却洗了"，这种让人难以忍受的说话语气，才是她。现在她觉得，生命的一部分，并不受她控制，这是以前从来没有预料过的……

她希望它是个儿子。因为仅仅停留在希望之中,所以仍旧用的是"它"。还没有到胚胎发育的合适时间,不然不择手段地,她一定要去弄清,究竟是"他",还是"她"。这样,就可以不再用这个无生命意义的"它"。她不愿意生个女儿,像卓格格一样吗?整天在家里大吵大闹,似乎还觉得自己十分可爱。父母都偏爱卓格格,对于自己,他们只知道她是个记者,却从来没有问过,她每天都在做些什么。也许有一天,她会喜欢上卓格格,只要她长大以后,不如自己漂亮,并承认这一点,但很显然,不是现在。她希望"它"的眉眼能够像B君,眼睛并不大,但总是亮晶晶的……

"可是它是个孩子"。现在,无论如何,她不愿意放弃"它"。所以收到消息的时候,B君说,"跑",她感到前所未有的恐惧。慌乱之中,她坐下来,想要镇定地回想一次,自己究竟为什么要做这样的事情?自己是从什么时候开始,决定要调查三合会?又是因为何种原因,放弃了瘦腿专栏?有的时候,她能够找到逻辑的线索,像一根竹签一样,把所有的事情都串起来,这是她日记的第一部分。而另一些时候,眼前只是一片迷雾,清濛的雨季,墙壁都长了斑。那些在日记当中被插进去的字符,或许,只是她混乱情绪的表达。勇气?新闻理想?还是想要一鸣惊人?想要出名?这些答案,都像是答案,但都貌合神离。那么是什么,是冲动吗?她被自己吓了一跳,或许,她是神经病吧。哪一个,更像是她。童年时代,她曾经幻想过,冒险、航海、佩带一把猎枪,三个火枪手,基督山伯爵。一千零一夜、那不列颠、歌队,还有水晶森林。对,水晶森林。可是水晶森林,那是什么?在哪里?她想不起来,头开始疼,一阵一阵,像电钻锯开了一个大小适中的窟窿。她能想象,一直写瘦腿专栏,写到退休,退休之后就是死亡。或者,她干脆放弃瘦腿专栏,去写三合会,那么,还没有退休,便是死亡。现在,她找到了一条道路,一种可能性?既不会退休,也不会死亡……

她不能再想下去了。事实上,从十二月开始,她就已经无法思考。可是,她觉得自己时刻都在思考,大脑旋转得飞快,脑细胞就像煎炸时油锅里的油星,不可抑制地喷溅出来。事实上,她第二次写的日记,逻辑才最为强大,才能够最为真实地表达出她的内心。可是,真的有人关心她的内心吗?会不会有人在她死后,读到她的日记,并引为知己。会不会有人,和她一样，哪怕曾经在某一瞬间，幻想过看到水晶森林？

她当然可以向全家人展示这条短信。"跑"，尽管它言简意赅，却惊心动魄。或许，她应该先花一点时间，告诉父亲、母亲、卓一格和卓格格，从头至尾，究竟发生了什么事情。在这半年以来，她放弃瘦腿专栏之后，都在做些什么，而白扇，究竟是个什么样的人物。可是她没有，她想不清楚为什么要这么做，如果她这么做，她会鄙视她自己，她知道她会后悔，所以她干脆不做，这不才像她吗？如果她强迫自己，走进客厅，告诉他们这一切，那么她强忍着厌恶，走出来之后，或许她又会重返回去，告诉他们，其实这一切都是个玩笑。愚人节快乐？卓一格皱起眉头，她不会怀疑她，她尽管漂亮，可是有些愚蠢。而卓格格呢，谢天谢地，她还没有长大。

尽管，发生了一些意外。例如，卓格格看到了她的车票，她很大声地质问她，却很快平静了下来。这没什么关系，她盯着她，她还不识字，把几个数字念得颠来倒去，像个傻瓜。

至于这个"它"，从内心深处，她想要保护"它"。

所以，大姐之所以不通知家里人，是为了用我们，来引开白扇的注意力。如果，全家人都逃跑了，那么白扇一定不会罢休，所以等不到预产期，大姐就会被杀掉。而这个孩子的性命，无疑没有可能留下来。纯粹是为了增加可能性，大姐只身一人逃跑。简而言之，就是她用我们的性命，作为诱饵，来换取了时间，换取孩子顺利降生的可能。

可是，我明白，即使是这样，我也无法原谅她。在这里加入一个幼小生命的悲情情节，实际上并不会发生太大的差别。她没有任何一个部分，值得被我所理解。我不会把她的日记引为知己，更不知道什么水晶森林。这里面看似有逻辑，其实都是在胡说八道，细节之间的韧带和链条，像焦糖蛋糕的身体，一按就垮，倒塌在烤箱里。事实是，她只身一人逃跑了，而这个事实，在十八年前就已成定局。

看到瑶瑶，我就想到大姐。如果瑶瑶就是大姐的孩子。如果那个孩子活了下来。如果在2001年2月15日，于河北邯郸市郊区荒坡上发现一具无名腐烂女尸之前，这具女尸曾经顺利地进出过妇产科医院，那么，我还有可能原谅她。卓家需要第四个女儿，十八年来，我一直幻想着，卓家出现第四个女儿。来自绝经的母亲，来自大姐、二姐，甚至来自父亲的外遇，来自谁都好。从水缸里爬出来，由她代替我。或者，是二姐从水缸里爬出来，由我代替她，竭尽所能地，堵在浴室的门口。现在，瑶瑶就站在我的面前，敏感、早熟、神经质。不，如果我不曾泡在水缸里，也许我就不会敏感、早熟、神经质。谁在说你呢？说的是瑶瑶。哦，瑶瑶。瑶瑶。十八年来，所有的时间都压在我一个人的身上。事实上十八年以来，我已经快要喘不过气。

　　当年在现场的人，都已经死了。每年清明节扫墓的时候，我几乎要忙不过来。很多时候，我觉得我也已经死了，我还活着，这是让我讶异的事情之一。第二件事情，是林文星还在这里。他不再用任何话语劝慰或者解释，我很确定，他明白这一切只是一个玩笑。我怀疑他已经背着我，去找过了心理医生。

　　创伤后遗症？

　　他直截了当对我说，你知道的，瑶瑶不可能是你大姐的女儿。

　　我知道啊。

　　我知道啊。我们的小朋友瑶瑶。时至今日，应当是十八岁，或者十八虚岁。但很显然，十八年来，出于某些原因，她原地生长，或者返老还童，如今，每天放学之后，还戴着幼儿园的礼帽。如果瑶瑶真的是卓家的第四个女儿，那么林文星理所应当属于她。她说，帮我拿瓶雪碧吧，冰箱侧门第二排架子上。这是大姐的口气，她不会输的，在荷尔蒙方面，她从来没有输过。其实，这又不像大姐的口气。瑶瑶不会是大姐的女儿，她会是谁的女儿呢？瑶瑶是谁的女儿？这和我又有什么关系。瑶瑶可以是波哥的女儿，却不愿意和波哥相认。瑶瑶也可以是波哥领养，或者捡来的女儿，不称呼波哥为爸爸，也只是一种习惯。瑶瑶可以是白扇其他手下的女儿，兄弟之情，江湖义气，波哥索性将她抚养长大，也很自然。瑶瑶可以是曾经居住在这里的某个人的女儿，并非白扇的手下，但是在975号成为天河星旅馆之前，就居住在这里。总之，瑶瑶和天河星旅馆有关系，而天河星旅馆，和十八年前的故事有关系。而十八年前，毫无疑问，瑶瑶还没有出生。

　　还有一种可能，我曾经想到，但是绕过去了。现在我又回转身，将它绕回来，因为瑶瑶卡在了事件的中间，我必须将她移开。也有可能，瑶瑶的身份不是在白扇附近转悠，而是直击核心。瑶瑶为什么不可能就是白扇的女儿呢？1999年，正是白扇的全盛时期，距离案件告破，帝国垮台，还有六年。白扇可以一个瑶瑶都不生，可以生下一个瑶瑶，也可以生下很多个瑶瑶。而这个瑶瑶，她缩在角落里，成为其中的一个，唯一幸存的一个。

　　她是主人，白扇的血脉，天河星旅馆属于她。在天河星旅馆还是庄府巷975号的时候，或许属于她的东西，还要更多。可是，现在这个地方，是她和波哥独占了。波哥是不是曾经被白扇托孤。如果波哥是711，这样就不难理解，为什么波哥一口咬定只有四个杀手，而不是五个。因为第五个人，要帮他照顾这个唯一幸存的女儿，尽管他身体虚弱，却忠诚可靠。其他人都遗忘了这个地方，像谢老头一样，在茫茫档案里寻找当年的一份报道。他们俩守在这里，他们是活的。

　　像鱼一样，从出生以来，就恐惧被圈养。而本性中，只要闻到气味，就会逆流而上。一开始，它们并不知道那是鱼饵，或许是，或许不是呢？总会有模棱两可的时候，扶手摸起来，就像是夏天清爽的木桩。一阵热一阵凉，皮肤的温度，像是在草席子上烙饼。站在昏暗的门厅里，顺着垂直而上的楼梯，能够听到楼上的一切动静。没有人顺着楼道说话，可是空气吹拂声音，向着同一个方向，成为话筒里的声音甬道。

　　我拉着行李箱，第一次走进门厅，或许波哥就在顶楼听到了我。而十八年前，我第一次爬出浴缸，白扇的心里，是否也会扑通一声。我用了假的身份证，或许波哥早就知道。就像我看着瑶瑶，看着看着，她就成了大姐。清濛郊区的那幢别墅，早就已经在记忆中腐烂。回到当年的案发现场，我一无所获，因为当年在现场的人，都已经死了。而其他有关联的人，都在庄府巷975号，它其中的一小部分，就是天河星旅馆。这里留下来的人，就是十八年前的故事当中留下来的人，尤其是我们的小朋友，瑶瑶。现在万事俱备，只欠东风，我不会把她落下了。尽管瑶瑶并不出生于千禧年，尽管她并不是卓家的女儿。

卓家没有剩下第四个女儿。卓家唯一留下的女儿就是我，就只有我，卓格格。

第五章　1999年12月30日

时至今日，我没有找到B君，没有找到711，也没有找到卓家的第四个女儿。

事实上，我只认识了一个男人，叫林文星。现在，他就坐在我的对面，对于真相，他并不知道得比我少，相较之下，我也不会知道得比他多。他看着我，似笑非笑，嘴角咧到一定的角度，又停下来。又接着往上咧，又停下来。那样子，看起来还挺滑稽。他想干什么呢？

你想干什么呢？我直截了当地问他。他摇摇头，反过来问我，你想干什么呢？

我想把整个事件串起来。可是行走到某些地方，脑壳里就会开始剧烈地疼痛。表面上看，我什么也没有找到，而实际上，我并非一无所获。

他点点头。

1999年12月30日，如果我们不纠缠于某些细节的话，实际上已经真相大白了。

他点点头。

1999年12月30日早上……

他说，你说吧。

1999年12月30日早上天刚亮，大姐就开始收拾行李。实际上她一夜未睡，只是在天蒙蒙亮时，眯了一下眼睛。她很快就收拾好了，其实，她昨天晚上就已经基本上收拾好了，没有什么行李，只有一些现金和存折。事实上，她只需要带走她自己。

而早上起床之后，剩余的一点时间，她只是在犹豫。她站着，或者坐下，或者起身，走来走去。什么样的姿势，都无所谓。

要不要告诉家里人？他问我。

我点点头，闭上眼睛。痛苦开始像钢针一样，在血液里流动。卡到某一处关节，我就会抖激灵一下，血液推动着它继续流动，往前，向下，疼痛，断断续续的疼痛。事件中的第一个高潮来了，那就是，汤圆死了。

我闭上眼睛。躺下去，把身体蜷缩起来，腹部用力的地方，蜷成一个C字形。我问他，像不像汤圆。他点点头。我感到痛苦，躺在地上，没有起来。其实我心里一直有一个疑问，关于这个时间节点，我没有办法搞清楚。大姐在发现汤圆死之前，究竟有没有想清楚，要不要告诉家里人。她是否就在这里，结束了她的犹豫。如果，她并不是在这里结束了她的犹豫……

总之，她走下楼来了……

这中间的空白太多了，每一处空白，都可能像梦魇一样纠缠我。我问他，你明不明白？

他点点头。

她开始洗漱，水流哗哗哗地，水龙头有点坏掉了，就像门口的电铃一样，还没有找人修理。对，电铃！她猛地惊醒过来。电铃是坏掉的，她觉得愧疚。她起码应该把电铃修好，可是现在已经七点半了。先是刷牙，她发现水槽很脏，于是把牙刷从嘴巴里抽出来，她决定先刷一下水槽，刷完了水槽，她也不清楚是否刷干净了，她又接着刷牙。

她想起昨天晚上，并没有吃饱。半夜的时候，她又下楼来做了一份夜宵。用尿壶煮的吗？她的卧室里有一个尿壶，里面有一些方便面的残渣，很多调味料的汤底，还没有倒掉。

不至于吧，林文星说，不至于疯成这样。

用尿壶煮面，这没什么不好，我说。当然了，这都是我的想象，都是我在胡说八道。我在诬蔑她，我要为她找到更加激烈的理由，更加滑稽的场景。甚至，我要将更大的痛苦赋予到她身上。毕竟，我发现，无论如何，不管时间过去了多久，我们都已经无法互相原谅。

所以，当她发现汤圆已经死了的时候，她一定知道是我。她会不会恨我恨得咬牙切齿，她犹豫不决的时间点，会不会不偏不倚，刚刚好卡在这里。为了一只狗吗？我因为一只狗惹怒了大姐，导致她下定决心，要只身一人逃跑，而放弃全家人？

林文星说，太夸张了吧，为了一只狗。

我说，对，为了一只狗，她是这种人。

但实际上，我很心虚，我知道我在胡说八道。狗也是，孩子也是，谁知道她是为了什么呢？谁知道她在想些什么？谁知道她到底有没有怀过孕？谁知道那个"它"，究竟是什么意思？从十月份开始，就已经没有人能够读得懂她的日记，这里面的逻辑独属于她自己。她的日记没有页码，那些打印出来的数字，既不能说明前因后果，也不能说明内容逻辑。在后面的引述中，又重新出现了前面的内容，像是她重新又过到了这一天，一模一样的一天。她希望，日子不是向前的，而是循环往复的吗？前面那些莫名其妙、表意含混不清的话语，到了后面的语境中，又重新被赋予了另一种莫名其妙、含混不清的面目。哦，原来是这个意思，其实又不是的，看到后面就会发现，其实又好像是另外一种意思。像是在和我玩游戏，她觉得有趣。若是过往的某一天，她曾经预料过，那个研读日记的人会是我。估计，她会觉得大快人心。

其实，很早以前我就猜到，我不用读完整本日记我就能够猜到。或许，警察询问我关于日记的事情时，那种扑朔迷离的眼神就已经提醒我猜到了。而院长在痔疮疼痛下的慈爱，或许也是因为，她曾经随手翻过日记，就已经明白了一切。从十月份开始，大姐的日记，就开始在前面的空白处填上字符。有的背面空着，她只要抓到一张白纸，就随意填上。甚至在某些特殊的时候，会覆盖原来的字符，变成一整片的涂鸦。读到三分之一的时候，我就有隐隐的预感。读到一半的时候，我就明白了一切。而剩下三分之一的时候，梦魇就开始了。我知道她是持之以恒的、是充满耐心的。多么可笑，我的大姐不是个英雄，是个疯子。是的，她是个疯子，除了疯子，没有一个人会做她当年做出的事情。

她做了些什么事情？

每当我想把故事串起来时，头就会剧烈地疼痛。

二姐呢，1999年12月30日八点三十分起床的二姐，她究竟有没有在昨天晚上，看到过那一张开往哈尔滨的车票？我问我自己，仅仅在这一个细节之上，我为什么要将她牵扯进来？是我错过了通知到家，救出全家人性命的时刻，还是二姐？

可是，为什么我不记得前一天晚上的事情？为什么我要说，二姐跌落在洗澡间的地板上尖叫？

人五岁时的记忆，实际上是非常模糊的。或许我根本就什么都不记得。或许我自以为记得的东西，实际上都是后来别人告诉我的。或许因为我当年年纪太小，对于那个真实的现场，实际上一无所知。而我给林文星所讲的故事，不过是警察局笔录在脑海里的一次演练。

或许我潜意识中，想要把责任推给二姐，所以杜撰了那个二姐跌坐在洗澡间尖叫起来的画面。那张决定了全家命运的车票，也决定了我一生的车票，只是被我当作一张识字卡片。

或许那个人就是我，我是永远都不可能知道了。可是我无法承受这一段记忆，无法承受对自己的苛责。所以我更加残酷地，把这一段记忆给了二姐。反正你——已经死了，死了的人已经死了，而活着的人，总要想办法活下去。

可是，如果看到车票的人，是二姐呢？当这个想法跳入我的脑海里时，心理医生就已经吓了一大跳。

尽管并不冷，但为了掩饰，她还是站起身，去关空调。她还年轻啊，她从来没有遇到过像我这样的患者，无论回忆多久，都持之以恒，一直站在旷野里。我真正需要忘记的人，不是我的仇人，大姐，不是我所恨的人，大姐。而是我的恩人，二姐，是我所爱的二姐，是在最后一刻让我活下来的二姐。是二姐。

话说，她是怎么让你活下来的呢？林文星问我。

事实上，无论她第一次有没有跌落在洗澡间的地板上尖叫，我都忽略了这样一个过程，那就是，她是如何将我第二次带到洗澡间的。智商不够、情商显然也不高的二姐，是如何在一种匪夷所思，让所有人瞠目结舌的情况下，让我活了下来？

可是，我不知道。让我痛苦的是，我什么也记不起来。我可以继续坐在这里胡说八道，也可以很实诚地说，我什么也不知道，我一辈子都不可能弄

107

明白。

算命的说，既然我的命来自水缸里，那么下辈子，为了报恩，我应当投胎做一条鱼。被人放血、宰杀、剖肠刮肚、上锅清蒸、红烧、剁椒……

这应该很有趣，在梦里，我都梦到过。第二天早上醒来，我却还是我，这就比较无趣。我无法听见水的声音，尤其是浴室里的水，每当要洗澡的时候，我就害怕。大姐说，"女人穿什么样的衣服，又有什么区别呢？女人终究是要把所有的衣服脱掉，才成其为女人"。她是个色情的疯子，我知道她是。而事实上，每当我脱光衣服，我就成为五岁时在浴缸里练习憋气的卓格格。全世界只剩下我，和一只浴缸。浮出浴缸，我以为能看见711。而711呢？2000年浴缸外也是冬天啊，冰凉一片。

二姐并没有问过我，格格，你究竟愿不愿意被留下来？按照以往的惯例，她应当和我石头剪刀布，这才公平。如果卓家一定要留下一个女儿，为什么是我？她只是对我说，格格，无论发生任何情况，你都不要出来。

可是我还是出来了。

使我不甘心的问题，还有很多。所有和当年事件有牵扯的人，在现场的，不在现场的，看似在现场实际上却不在现场的，看似不在现场实际上却胜似在现场的，我都不愿意放过。心理医生曾经想让我忘记的人，不是大姐，而是二姐。

于是我常常有一种幻觉，觉得我是否有过一个二姐，当然了，她没能成功。我没能忘记二姐，自然也不可能忘记陈北焜，忘记711，忘记原来被我忘记了，而现在又重新记起来的，瑶瑶。

我不是要找陈北焜，实际上，我只是想知道他的近况。在云南的枪伤中，他是否已经忘掉了那个阴魂不散的女人。他们说，他主动调入缉毒重案组，在一次行动中受了点伤，被表彰之后拿了钱，就移民了。落下了耳朵上的毛病，身体也不大好，在澳大利亚度晚年。如此这般，我的计划就会全部落空。我期待着和他交谈，期待出现在他面前，让他一看到我，就想起大姐。那个莫名其妙的邻居，不是说过，我长得像大姐吗？我期待看到他脸上痛苦的表情，扭做一团，我相信那是真实的。起码，能够和他在电话里交谈，由于距离遥远，岁月悠久，声音掩饰而细微。但是随着电波流转，我能够在他已经坚硬的记忆里，将过去的岁月恩怨，一点一点地发酵。

他耳朵聋了，聋得刚刚好。然而，他的耳朵真的聋了吗？

我问谢老头，你的耳朵是怎么聋的。你也在云南当过缉毒刑警吗？

不不不，他说，我是遗传的。

是的，我们很多人都落下了这种毛病。很多爆破行动，稍一不留神，就……

我说，你不是说，你没去过云南吗？

他说，我是不得已的，被分配的。而陈北焜不同，他是自己选的。

所以，你去过云南？

是的，我在云南当过警察，和陈北焜一起。

所以，老谢去过云南，也当过警察，但不是缉毒刑警。可是关于耳朵受伤的原因，他却前后解释不一致。我知道，我不应该和一个听力受损的人斤斤计较，毕竟他未必知道我到底在说些什么。有时候，老谢很像B君。林文星也是福建连江人，陈北焜也是福建连江人，谢老头也是福建连江人。这三个人，甚至可以组成一个诈骗团伙。然而很多时候，老谢要成为B君，仍然存在着破绽。比如说，他秃顶，并且肥胖。我要如何证明老谢年轻的时候，并非秃顶和肥胖呢？虽然，我并不能排除B君到了中老年，也会秃顶并且肥胖的现实。然而，我还是不愿意承认。

这又是为什么呢？

为什么波哥不是711，却安排我住在404。第一天晚上睡觉的时候，我几乎热泪盈眶，幻想出所有能让波哥成为711的可能。404是交叉路口，声音电流汇合成一条活色生香的池塘，流动的泉水，四散奔涌而来。不同的频次、音调、音色，搅动得所有的声音杂乱无章，像夜晚的星星一样慢慢聚拢。那一条从耳朵里钻出来的声线，变得隐隐约约。十八年前的那条声线，吱地一下，断裂在空气里。我睡了个好觉，不仅如此，我还读懂了大姐的日记。除了711，我不懂还有哪个人能给我这样的能量，当然了，是在我想象当中的711。有那么一瞬间，我在隔壁、隔壁的隔壁、对面的隔壁那些哺乳动物激情缠绵的呻吟和喘息之中，第一次，忘却了我自己曾经是一条鱼。

这不是爱情吗？十八年来，我一直把711想象成自己的第一个男人。我是封存完好的盛馔，只等着供你享用。起码，这也是温情吧。可是我现在明白，这一切都那么虚无。711苍白、虚弱、湿气缠身、腰酸腿疼、肌无力，他被叫来执行任务，或许只是一个意外和失误。可是当天晚上，他究竟以什么样的方式，以什么样的表情，接受了身体上致残的处罚？如果时光逆转，当天上午，在浴缸旁边，他会不会重新选择结果我，选择擦亮眼睛、提起精神，看清浴缸里，还有卓家剩下来的最后一个女儿。

幸存者。

如果瑶瑶是白扇的女儿，那么她和我一样，也是幸存者。她的一双带着邪气的眼睛，睁大看着我。还没有发育，她就爱上了林文星。每天晚上，她一定紧盯着自己的胸部，等着看它膨胀，甚至，像一个气球一样地炸开来也说不定呢。少女的身体，像泥鳅一样顺滑，可是她不是鱼。事实上，瑶瑶没有任何地方长得像卓家的女儿。也没有任何地方，凸显出典型的客家人长相。她长得像谁？我无法断定。在脑海里游移的几张陈年小相之间，瑶瑶的轮廓一点一点地上升、覆盖，浓缩为一张标准的一寸照，最终成为她自己。站在真实与幻觉之间，她可以向前一步，也可以退后一步。重回故地，或者远走高飞，瑶瑶是我的理想。最终，我还是要把林文星还给她的，即使是现在，我也不确定我是否还能够把他握在手心里，他看着我的眼神，越来越扑朔迷离。要不了多久，她就会有隆起的胸部、丰满的笑容，而林文星就会问她，身份证上，到底是否是她最真实的年龄。

不过或许，到时问她的人，不会是林文星，而是另外一个年轻的警察。

这多奇怪。

我问林文星，蜜月的时候，我们能不能去看看水晶森林。

他说，你说的是双十中学对面的那个商品房吗？高档小区？

我哈哈大笑。

明天不会下雨，如果你相信我的预测的话，我们可以明天去。

其实，还有一个水晶森林，在童话书里。航海的时候，在非洲大陆的拐角，北纬二十八度附近，在雨雾蒙蒙的天气里，春天，北方的冰雪刚刚开始融化，清晨六点半，或者更早一些，在太阳升起以前。透过望远镜，你能够看到一片晶莹剔透的水晶森林。

但是，既然我大姐已经被证明是一个神经病，我们可以不用管她。不过，你也有可能质疑我，毕竟我看起来，也像是个神经病。以上这些，严格来说，我都没有证据。

不过，你也可以等等看，看明天会不会下雨。

散文

落肚踏实

曾经有朋友对我说，许鞍华拍的那部《天水围的日与夜》，他看了八遍。每一次都看出新花样吗？我问他。也没有，他说，我只是很喜欢看他们吃饭，让我想起小时候。他又说，连他们家用的那块桌布，图案也和我小时候家里用的一模一样。

于是我也回去把电影重看了一遍。鲍起静在超市里挑鸡蛋，陈丽云演的婆婆，挑得比她更起劲。陈丽云说，你们家每天晚上都吃鸡蛋吗？鲍起静演的张母说，因为鸡蛋好搭配啊，鸡蛋可以炒叉烧，还可以炒虾仁。陈丽云马上说，哎呀你真是能干，是由衷的赞美。

主妇与主妇之间，持家的技艺，单从外部，其实看不到内里的生动。于是另一个朋友会说，许鞍华什么也没有创作嘛，她只不过是把生活照搬了过来。我想，那大概是成长经历与记忆的差异。电影里的人常在超市里逛来逛去，陈丽云说，我们挑这盒大一点的鸡蛋吧。鲍起静说，好啊。她们走了，被挑剩的那一盒鸡蛋没有被合上。我想，这个细节完全合情合理。我从小就耳濡目染要挑大一点的鸡蛋，从来没有被教育过要记得关鸡蛋盒。

可是许鞍华要的不是这个，她要的是体面与尊严。单从食物上来说，母子俩每天晚餐两个菜，一道素，一道有点小荤（常常是各种鸡蛋）。从没见过她煲汤，唯一一次喝汤，是看不见肉丁的罗宋汤。唯一一次吃肉，是他们从酒店打包回来剩下的乳鸽。鲍起静还满脸陶醉地闻了一下，仿佛那是难得吃到的美味。这些都点明着他们的经济状况，但他们吃饭却吃得很好看。鲍起静烧的菜，隔着屏幕就觉得熟悉亲切。捧着两只陶瓷小碗，闷闷的两个人，里面是刚好齐平的一碗饭。夹一点菜，用筷子往嘴里拨饭，这个动作简直经典而极富神韵。有一次，他们吃的是蚝油焖冬菇。冬菇，是广东人对于香菇的叫法。它吸饱了勾芡的汁水，用筷子夹到饭上，咬开，像一块失水的海绵，正点，梁进龙饰演的张家安说。这时候，平时直呼其名的母亲会多夹一块冬菇放到他的碗里。看到第三遍的时候,我大概理解了我的第一位朋友对于这部电影独特的喜爱。我和他聊了聊冬菇。他马上说,那个东西,是很下饭的。

当然不是因为下饭,而是因为这么朴素的饭,他们都吃得这么好看。菜都很可口、很下饭,而饭,是很扎实的东西。

小学三年级以前的日记里,我看到这样的句子——我今天读了两篇课文,吃了三碗饭;我今天写了两张汉字,多吃了一碗饭。把这两件事情放在一起,用的是并列关系,写在日记的结尾,分量是很重的。现在看起来实在是有点奇怪。那时候我寄宿在爷爷奶奶家里,母亲改嫁了,她住在城市的另一边,每天下班之后,先过来这一边辅导我写作业。一进门,她就问我,今天吃了几碗饭。这是在客厅里,她声音洪亮地问的。回到卧室里,她会单独问我,今天奶奶给你吃什么菜,有没有好菜。我说,炒猪血!我那时候大概完全没有菜价的概念,所以总是胡乱回答。我不知道母亲会不会在回到另外一个家之后暗自叹息、发愁,觉得她交的伙食费并没有物尽其用。

升上初中之后,我就来到了城市的另一边。第一次见继父,喝的是闽南的大肠灌小肠汤,不知道为什么,我没吃什么菜,用一大碗饭把自己吃撑了。后来想起来,大概有些讨好的意味。大学里有一个男同学,一起吃饭,总喜欢往我碗里突兀地夹菜。大部分时间我都很厌恶他,只有这一刻,我会产生一些短暂的幻觉。如果他边给我夹菜,边问我,从了我好不好。我大概就会说,好。食物总是让人软弱,和成长经历联系在一起的食物,就更使我猝不及防了。其实,我们都明白,这种讨好都是没有用的。有一次,我问母亲,你和继父刚刚开始谈恋爱的时候,他有没有给你夹菜,给你盛汤。母亲说,我们统共就去吃过一次姜母鸭,配饭和青菜,他吃他的,我吃我的。我说,那你为什么要嫁给他。她说,我也不知道啊。

按照母亲的说法,她稀里糊涂地就选择了继父。我们开始一桌子吃饭,刚开始,明明吃饱了,我却还要站起来消化一下,坐下去再吃一点菜。继父笑得很和蔼,他夸我可爱。刚开始的日子,或许真是像回忆里那么美好的。只是当时我年纪确实太小,很多细节,像电影里的特写镜头一样,看到了,却不知道它是什么。后来,房子老了,门也开始坏。所以天水围廉租屋里的细节打动我，张家安要下楼买咸蛋，碰到上门送月饼券的大舅。家里有菲佣的大舅说，你们家的这个门我不会开，你来。于是张家安就上前猛地一使劲拉开，用的其实不是蛮力，而是从日子里摸索出来的默契。房子开始显出老态的那天，门也发了脾气。用力轻了打不开，重了，它就说，我要坏了，有点撒泼耍赖的意思。母亲说，你爸爸他故意不去修，想让我找人来修。母亲又说，我才不修呢，这是他的房子，又不是我的房子。小时候在超市里，母亲说，我们走了，你还在那里干吗？我盯着那盒鸡蛋，那盒忘记被关上的鸡蛋。母亲会说，这无关紧要的，我们并不要买这盒鸡蛋啊，走吧，快走吧。

我们要到哪里去呢？从城市的这一头，到了另外一头。还是要坐下来吃饭。从小在一个气氛怪异的家庭里长大，我吃得再多，也没有人夸奖我。其实他们的关注点不在我，而在饭。其实也不是饭，而是比饭更加具体的东西。高中的时候，中午回家，没有人做饭。母亲无师自通地把高压锅改造成了一个双碗蒸锅，只需要用一个蒸架，两只有盖子的铁碗，一只做汤，一只蒸饭。每天我都要抱怨，太简陋了，没什么好菜吃。那你到底要吃什么好菜？母亲说这句话的时候，语气有些凌厉。也许我戳到了她的痛处，她也戳到了我的。于是精力旺盛的我们常常为了这种事情吵得鸡飞狗跳。父亲要站出来调和，他就很偷懒地说，我去打点卤料来吧。南方善用红卤，卤料就是所谓的卤味，有香料做底，最上面是酱汁的焦糖色，晚饭常用来加餐。如果是一个广东版的父亲，大概就会挠挠头说，我去打点烧腊来吧。

然而父亲一般的装备是，半只卤鸭，一些鸭肠和豆干、鸡爪，都是最为便宜的货色。母亲心情好的时候，就闷着头吃。略微有点想不开的时候，就要跳出来拆穿他，你怎么这么小气啊，都挑最便宜的打，你一个男人这么小气。当然了，这是偏见，这和男人女人又有什么关系。可是他们又开始吵架，重点其实也不是在卤料本身，而是比卤料更为具体的东西。我想到当年那个他们一起吃姜母鸭的场景，我问母亲，是谁掏的钱？母亲说，当然是他。我又问母亲，他是很主动地去掏钱，还是犹豫了一下才去掏的钱。多么可惜，母亲停了一下，然后她说，记不清了。

我记得很清楚的是，在他们吵架的时候，我快速地吃完了那碗饭。我一块卤鸭也没吃，甚至没有伸出筷子去夹豆干、鸭肠、卤笋、鸡爪。然而我还是打了一个响亮的饱嗝。我饱了，我说。然而他们没有人看我，接着吵。最剧烈的时候，继父会掀翻整个饭桌，我没吃的卤料，他们也一口没吃，滚了一地。母亲会把自己锁在房间里，一直到我敲开她的门，一看见我，她就会哭。

不知道为什么，一开口第一句话，我说的是，对不起。

如果能再往前推进一些，如果能有一点商榷的余地。那天在姜母鸭馆子氤氲缭绕的水蒸气里，如果母亲抬起头望一望天花板，等待着某种真相降临，生活是否会有第二种可能性。父亲去世那年，母亲带我进面包店。我盯着两块钱一个的菠萝包，对母亲说，我们买五毛钱的小沙拉面包就好了。店员大为惊讶，她们围着这个还没有柜台高的小姑娘，纷纷赞叹不已，你好乖啊，妹妹。可是母亲还是给我买了菠萝包，或许，是她看穿了我的矫揉造作，或许，是她像鲍起静一样，会多夹一块冬菇到儿子张家安的碗里，会在中秋节一起吃月饼的时候，把张家安觉得不好吃的那一块月饼，放到自己的盘子里。

鲍起静自己晚上吃鸡蛋当荤菜，却悄悄地给住院的母亲每天送燕窝。看到这里的时候我感觉到一种强烈的不真实感，我想，她真是太完美了吧。也许是我只记住了燕窝，忽略了冬菇和月饼。也忘记了我并不是吃五毛钱的面包长大的，那时候我每天早上吃一个菠萝包，配上一杯新鲜的纯牛奶。许鞍华怕我们看不懂，她给了那个挂在天水围廉租屋墙上的保温桶，一个时间漫长的特写。这大概是在这个极度平淡的电影里，所流露出的最难以克制的煽情之一了吧。

后来我想，完蛋了，我大概是爱上我所提到的第一个朋友了。我们一起吃一锅热腾腾的蛋饺粉丝汤，吃到最后一颗蛋饺，他会默不作声地留给我。每次吃完饭，他都会问我，你有没有吃饱。

他最打动我的，是他所描述的那些小时候的场景。母亲去上班，用一个电饭煲储存留给孩子们的饭菜。他先给妹妹盛一份，然后给自己盛一份。蒸架上是汤，下面是饭。两个孩子，把一个锅吃得干干净净。这样吃起来很舒服，他说，吃饭喝汤。

他说，我把《天水围的日与夜》这部电影看了八遍。我想，他大概是喜欢那些美妙的时刻。鲍起静对儿子张家安说，你不要去楼下那间报刊亭买报纸，他们很吝啬的。你要去OK报刊亭买，还多送一包纸巾。于是张家安对自己家里有菲佣的表姐说，你等我一下，我要去OK报刊亭买报纸。

张家安没有说完的话是，其实是因为可以多送一包纸巾。

有什么说不出口的呢？

可是真的临到下定决心要表白的那一天，实际上，我什么也没有说出口。我们一起坐在大饼油条店里吃夜宵。他吃完一份豆浆，一份烧饼，又说想吃叉烧蛋炒饭。他甚至问我，你要不要一起吃，我一个人吃不完。我们面对面坐着，你吃你的，我吃我的。他知道我要说什么，他不必开口，我也知道了他的答案。然而我们心照不宣，最终还是点了一份叉烧蛋炒饭，加一份生菜，一份火腿。端上来的时候，是一大碗，我如释重负地说，果然，一个人是吃不完的。

有一部分，生活中的软弱。我想托付给别人的，自己所不想承受的，别人也不想承受。别人只是想跟你一起吃一份炒饭，因为一个人吃不完。

要么就是爱。要么，就是交换。有时候有爱还不够，最终还是要拿东西来交换。但不是爱的问题，生活本身，也从没有出过问题。它牢固地在那里，像一根弹簧，精明的主妇有自己的办法，而愚笨的男人女人，也会度过。过后他们或许会为自己狡辩，当年，是稀里糊涂的。

家里的那扇总是会出点问题的门，不修也可以。或许可以等到拆迁，那么它自然就会是一扇新的门。

母亲第一次带我见完继父的那天，晚上，我们背靠着背睡觉。她忽然对我说，他有一辆很大的摩托车你有没有看到？这些后来都被我想起来了，无关紧要的细节、场景、废话。但是我没有告诉她，从来就没有开口说过。我不知道，她是假装忘记了，还是真的忘记了。

当年，或许我们再坚韧一点，可以再支撑一下。

炒白菜和煎鸡蛋也可以配饭。饭也可以拌猪油、酱油。小时候去打卤料，奶奶从来都是只要最便宜的卤豆干。我不知道每个月妈妈交多少伙食费给她，可是就是这样，我也长大了。继父打来的卤料，如果不去多想一些，如果不去苛求，不去期待，我也可以平心静气地吃完。

有饭就行了。

吃饱最好了。

吃饭才会饱。吃再好的菜，还是要吃饭。

"做人好难啊。

有几多难啊？"

散　文

虚　构

  我必须很羞愧地承认，十年前我就在写小说了。我的第一篇小说，写的是高一班上排演过的一个舞台剧。我把我的朋友（导演），写成了一个末路英雄。把另一个朋友，塑造成了不近人情的学霸，会在剧组困顿无援的时候问我们，你们月考打算考多少分？

  这些无关紧要的事情，如果我不说，大概会像这些仿佛从未存在过的文字一样，从这个世界上消失。我仔细地回忆，也无法想起写作最初的快感，是否来自这样的机会，在虚构世界里，对现实的人事重新表达自己的感情。上了大学，我把依次暗恋过的几个学长，作为男主人公写进了小说里。我甚至把其中的一篇，将主人公换了个姓氏，发给当事人看，然后问他，嗯，你觉得怎么样呢？

  嗯。

  我享受这种片刻的尴尬，这里面，如果仔细回忆，可能含有许多恶毒的成分。无论这个虚构的动机和意义如何被辩解，事实上，人物已经在那里了。往往，我会让对方承担一些极其诡异的部分——背叛、欺骗、渣男、懦夫，或者负心的人，我是故意的吗？

  然而，这是虚构啊。

  我从未仔细考虑过，当虚构侵入生活，会造成多么难以挽回的后果。直到有一次，我写的一首情诗在班上被读出来。读它的人，就是我暗恋的男孩子。那是一次匿名诗歌会，最后这首诗挤进了前三，大概能拿个最佳人气奖之类，不是因为它写得好，而是因为它的感情太真实了。尽管对于男主人公的身份，大家都不明就里。而他本人，为了演绎好这首诗，特意在朗读时用了夸张的语调。这个场景荒诞得类似于一个小说的开场，什么事情也没有发生，但有什么东西已经开始了。我仰起头望着那个教室的天花板，没有戏剧性的泪珠滚落的情节。然而我还是感觉到了一种强烈的耻辱感，令人浑身发

121

抖的，让我那一整个晚上的笑容都变得可疑。

后来，这个男同学成为我一位重要的朋友。暗恋结束了，他说，我们做好朋友吧。友谊地久天长。我和他，连同另外的一男一女，四个人，在第二年一起完成了一场跨越整个夏天的旅行。从上海开始一路往南，分别途经对方的故乡。同住同吃，深入彼此的城市与家庭中。那个时候，我随身带了一本诗集，《在词语之间》，最终，这本书在几个旅行箱里分别睡过之后，封皮被磨得破破烂烂的。有一天晚上，我们在福建霞浦的一个渔村吃鱼丸、肉燕，打着手电筒轮流读诗。累了就一起睡在帐篷里，不分彼此，不分男女。回来之后，我们又一起读了《九个人》，里面提到了萧珊与穆旦的友谊。萧珊去世后，穆旦给杨苡的信中这样说："究竟每个人的终生好友是不多的，死一个，便少一个，终于使自己变成一个谜，没有人能了解你……"

有一次出海，我们也即兴编了一首打油诗。"海风吹吹，晒得黑黑，虾米肥肥，船女儿美美"。海风，黑黑，虾米和美美。"究竟每个人的终生好友是不多的……"我想，这段友谊，和我之前的所有友谊都不一样。我们进行了很多深入的交流，做了很多浪漫的事情。如果一定要说出什么有点逻辑的理由，大概是，我们都是文学青年吧。整个旅行过程，我都身处于一种巨大的感动与光芒中。现在想起来，像一个恍惚的、漫长的午觉。我似乎忘了自己曾经的刻薄，忘记了我会冷眼旁观，拿着放大镜，看到身边人的缺点，就迫不及待地记录下来，拿到小说之中放大。我始终没有写出多好的小说，但我的坦诚与自我暴露的程度，总是让人吃惊。我是故意的吗？

可是，这是虚构啊。

在旅行开始之前，六月份，我在日记里悲伤地写下，"大概到最后，所有我身边的人都会离开我"。那时候我刚跟海风告白失败，而又不愿意放弃这段关系。于是，我把海风写进了一个新的小说里，投给了一个熟悉的编辑，就收拾收拾行李出门了。

旅行结束后，九月份，虾米对我说，你能从之前的状态里走出来，有一个重新开始，我好为你高兴。我说，你们都知道些什么吗？她说，其实我和黑黑都知道，我们都不是感觉迟钝的人啊。

有一次，我问他们，你们会介意……我把你们作为原型，写进小说里吗？

这是一种全新的表达方式，看到虚构朝着现实，伸出了一只和解的手，平等的手。

不会的。写完之后，给我们看一下就好了。

十月份，海风过生日，我送了他一本书，扉页写了一段话，大致意思是，友谊长长短短，但总也割不断。十一月份，我过生日，他也回送了一本，上面的赠语是奥登的诗，"不能计算时间，年月都无效。就是十年有时也等于虚无"。

"您问起她安葬的地方"，萧珊死后，穆旦写信给巴金，问起萧珊被安葬的地方，这被作为《九个人》里某章的小标题。我非常喜欢这句话，和友谊有关，和时间有关，反反复复地看。像某个岁月节点抛出的邀请，带有总括性的，再回首也是沧桑。友谊地久天长。

我以为阅读与生命进程，是能够交相呼应的。我以为，经过一个漫长的、恍惚的夏天，我们已经走到了那里——宽恕、谅解与永恒。虾米说，真的，我真为你高兴。我以为，我曾经不抱希望的那种和解，是可以达成的。我们四个人，在缔结一种不同寻常的关系——想要跨越、抵抗、创造一些什么东西。

"海风吹吹，晒得黑黑，虾米肥肥，船女儿美美"。

友谊地久天长。

直到十二月份，有一次吃完饭，黑黑有事先走了，我们三个人一起散步回来。走到半途中，虾米忽然说，如果我跟你们说，我和黑黑在一起了，你们会不会很惊讶。

我马上说，不会啊，几乎是在抢答。后来我想，我的反应似乎有点太快了。海风则从容得多了，但紧跟我其后，他也马上说，不会不会，像是要澄清什么事情。

不会的。

那些场景的细节，如果放到一部小说里，人性都是经不起推敲的。

但我明白，起码，我们都是真心的。

只是有什么东西永远地被改变了。尽管，在那个时候，一切还只是一种模糊的预感。友谊里的某种平衡被打破了。那一整年，我都在练习写短篇小说的技巧。技巧，如果我们这么命名"它"的话，通常是，铺垫完了，就要引入一个改变性的力量。外力或者内力，但实际上，外力也来自内部。人性的细节，都是经不起推敲的。

我们都不要高估它，好吗？

那种感动在慢慢退却，像夏天逝去之后一路下降的气温。等我们意识到它的时候，上海一年一度的寒潮已经来了。或者，我们早就意识到了，所以我们都感冒了。好些了吗？照顾好自己啊。微信群里的聊天只剩下了这些内容。恋爱关系中的黑黑和虾米，变得前所未有的忙碌。"年月都无效"，我和海风之间，曾经有过的友情也变得虚无。黑黑和虾米都投入了找工作的大潮之中，黑黑的疑问是，一个钢铁直男，要如何迅速加入一群女OL的谈话中而不失尴尬呢。他只会象征性地问一问我，真正想深聊的对象，还是虾米。

有一次，我打电话给黑黑，他没有接，也没有再打回来。正好这时候，虾米来找我，我看到她的手机屏幕上，跳出她和黑黑的实时聊天框。通常都是这样，她要一边和我聊天，一边和手机那头的黑黑聊天，我习惯了。可是那天不一样，那天不行的。我无意中提了一句，大概像是一种嘟囔似的抱怨。但虾米做了一件会让我永远记得的事情，像在成为我重要的朋友之前，海风用夸张的口吻，朗读了那首诗一样。虾米立马拨了一个电话给黑黑，她说，美美刚才给你打电话你没听到吗？你干吗不接美美的电话？我很可疑地笑起来，觉得尴尬的时候，我通常都是这样的。

那篇旅行之前完成的小说过审了。编辑说，有些情节要改，但感情很真实啊。我说，怎么改呢？其实我是在自言自语。

那年冬天最冷的时候，黑黑和虾米搬出去一起住了。他邀请我们去他们家里一起做饭吃。海风刚好有事情，所以，去的人只有我一个。黑黑那天实习加班，我和虾米在厨房里做饭。他回来的时候，我刚好在炒四季豆。他一进门就说，好香啊。我说，这个豆子熟了吗？他说，看起来差不多了。

我说，你帮我尝一下吧。然后我用筷子夹了豆子，送到了他的嘴边。那个时候，抽油烟机出了故障，整个厨房里乌烟瘴气的，实际上，我并没有想得太多。他却说，我自己来吧，说了两遍。他说，还没熟。烟雾横隔在我们之间，我们都感觉到了一点什么。然后我说，这样啊，那我再炒一炒，早知道就先焯一遍水再炒了。逻辑清晰的，井井有条的。在现实生活中，这些无关紧要的细节，都要绕过去的，都不应该让它在脑海里待得太久。

稍微仔细想一想，都会尴尬的。可是，在虚构的世界里，这些都是绕不过去的。编辑给我的小说修改意见是，情感很真实，要是具体的一些细节，也能够更真实一些就好了。

那一年夏天，我喝完的冷饮，不换吸管，可以直接伸到黑黑的嘴里。我们四个人，同吃同睡，不分男女，不分彼此。到了最南边的广州，买蛋挞的时候，黑黑说，我不爱吃蛋挞，但我想要咬一口，嘿！你们谁给我咬一口。他抢了我的蛋挞，咬了很大的一口。很大很大，这个事情，我也是不会忘掉的。曾经不是这样的，我对自己说。我眼看着他们给我一个纸杯子，然后两个人共用一个陶瓷杯子，一个人喝完之后，再伸到另一个人的嘴边。很显然，我是客人。我眼看着一共四个菜，虾米就是不吃我炒的那两盘。我想起就在前一天，我和另外一个朋友说，明天我要去我两个朋友租的房子里做饭吃。他说，哦？情侣吗？我说，是啊。他说，你去当电灯泡，你还给人家做饭，好诡异啊。

是很刻薄的话了。但是，真的好诡异啊。

不过，不是什么事情也没有发生吗？

可是有什么东西，已经被改变了。我们都知道的。

我之前想好的话，像背熟了的台词一样，奇怪，忽然之间，现在都说不出口了。我本来想说，我写了一篇小说，用了海风做原型人物，我想给你们看看，如果你们觉得可以，我也会发给当事人海风看的。可是我说的却是，四季豆要是焯一焯水就好了。我在说什么呢。

写作本身，就是为了抵达某种真实。它是虚构的，我们却要求它真实。这似是一个，我们必须永远坚定选择与忍受的两难。那天晚上，就在吃饭的时候，我意识到我可以回去改一改那篇小说。我意识到了几个关键点，几个惟妙惟肖的细节，它们是真的，它们，就发生在当下。一整个晚上，露出可疑微笑的我，像口袋里揣着一根火柴，它随时都会燃起来。是一场大火？即使眼下还只是微弱的火苗，但，很快它就将被看到。

我多想说，这会是我近期以来，写得最好的一篇小说。最接近我心目中的真实，因为它真的存在过。曾经的那个夏天，那些温情脉脉的时刻，在我选取细节的过程中，都被解构掉了。友谊地久天长，像是一首老歌的旋律，突兀地想起来，你却记不得它具体唱了什么。有一点点遗憾，但还是要记得先把四季豆焯一遍水后，再下锅炒。井井有条的，逻辑清晰的，很务实很生活化的。

夏天过去了，冬天还是要来的。

照顾好自己啊，不要感冒了。

我问他们，你们会介意……我把你们作为原型，写进小说里吗？

不会的。他们很真诚地告诉我，写完之后，给我们看一下就好了。

最终，我还是没有给他们看，小说很快就发表了。

但后来，什么事情也没有发生。读的人其实不太关心的，一切只是作者给自己加戏罢了。

毕竟，这些都只是虚构啊。

春宽梦窄

人是很难有幽默感的，因为他们所忧虑和恐惧的事情总是很多。母亲刚跟我说，她给自己又补充了一份商业医疗保险。快签字的时候，她做了个在外人看来相当奇怪的举动，忽然之间就坦白了，自己之前做过胆囊切除手术。因此，电脑驳回了她的保险请求，代理人说，保险公司要求她去做个体检。在电话里，她问我，你说我该不该说？如果我不说，将来保单出了什么问题怎么办。

我说你可以不说的，大家遇到这种情况大概都不会说。她对我的回复很不满意，她现在越来越常说，我不理解她。下一次，我亡羊补牢似的说，谨慎点也好。别人觉得奇怪，我不会的。我说，你一向都是这么谨慎的。

"谨慎"，这个词用得还是敷衍。《诗经》里，有一首印象特别深刻的《小宛》，"温温恭人，如集于木。惴惴小心，如临于谷。战战兢兢，如履薄冰"。据说曾子死的时候引用了这句，他在那个极其沉痛的场景中对门下的弟子们说，"而今而后，吾知免夫"，是解脱的意思。身体的死亡，看起来像是终点，然而这仅仅对曾子而言，对他病床前的弟子，对我们来说，都无效的，还是在恐惧的情境里。

什么样的恐惧？这首诗之前也读到过，当下读，却像绕不过去，停在那里。另一个朋友，推荐的是后面的那首《小弁》，我问他，好在哪里？他却不肯再往下说了。你多读，他说，多读就知道了。

"心之忧矣，不遑假寐"。工作后生活中发生的那些变化，说起来都很琐碎。独立安排自己的生活，盘算房租、伙食费、交通费，算来算去，钱总是会提前花完。有一次，梦见和好朋友一起去吃照烧鸭，他悄悄地提前付了款，我却觉得很尴尬，当场坚持要把钱还给他。要把钱算得清清楚楚，我脑子里的这种观念，我明白，既不可爱，也不体面。等我醒过来，呆呆地，不觉得这个梦好笑，也不觉得莫名其妙，心却是有点沉重的。

鱼 脸

"恐惧",母亲第一次对我提起恐惧,是回忆过去的时候。她说,那年她二十八岁,父亲查出了癌症晚期。深夜里,她睡不着,坐在病床前,觉得天都要塌下来了,不知道怎么办,只能祷告。

我问她具体祷告了些什么,她说,忘记了。可能是忘记了,可能是不想再回忆了。然而某些事情,很大的一部分,从那之后就开始截然不同。后来我所见到的母亲,是个对待凡事都相当谨慎的人。世界上所有的母亲,拿到的剧本不都是絮絮叨叨,事无巨细叮咛的吗?不过,她或许还多一点点。

谈到任何话题,她的第一反应就是钱。我说我在哪里吃了一碗面,她马上问我,多少钱?我说我出去看了一场戏,或者买了一个什么东西,她总是先问,多少钱,然后才是别的。有的时候我故意不想回答她,她就辩解,我只是想知道在上海一碗面多少钱而已。

在上海念书最后一年的暑假,几个特别好的朋友想约我一起去福建,他们随口说,不如顺路去你家玩。我说,好,却很踌躇,因为家里的房子很简陋,也因为在那几个朋友里,还有一个我当时正在苦苦单恋的男孩。这种种纠结和自卑折磨着我,我对母亲说,你一定要把家里打扫干净。甚至要请大家吃的零食、饭菜,我都写在一张纸条上发给母亲看,让她准备。我希望这件事情能干得体面漂亮,当然,我想到过钱的问题,但只在我的脑海里那么一闪而过了。

最后,我打开门,发现母亲提前做了大扫除,很拘谨地站在那里,迎接我的同学。打开门的那一刻,我发现,事实本身仍然是我无法接受的。我表现得极不自然、大方,那个咯着我的东西,就这么慢慢地显现,是什么呢?大家的从容、自然、热情,却使我想到了更多。善良、怜悯或者教养,任何一点都让人无法接受。是我太敏感了吗?最后,我看到冰箱里没有本地杧果。那是专门用来蘸酱油吃的本地小青杧,我在来的动车上尽力描述过,大家都已经期待很久了。我有点激动地问母亲,为什么没有杧果?母亲站在那里,理直气壮,家里已经有那么多水果了为什么要买杧果?

我知道是因为杧果太贵了,要请在场那么多人吃,要买很多,她没舍得。我默默地关上冰箱,心里很难受。一个很简单的事情,为什么是这样的。

那种童年时的感觉又回来了。我曾经把日历上的观世音菩萨剪下来，贴在卧室的墙上，每天起床和睡前都对着她祷告。母亲狐疑地问我在祷告些什么，我可能是不想回忆，也可能只是不想说。父亲刚去世的时候，一定曾经有过那么一些生活的改变。

是什么呢？

在生命当中的那个时刻，你忽然发现一个巨大的因果链，人无法操纵自己的命运。因为你是这样的人，所以你做这样的事。可是，你为什么是这样的人？

更何况，它来的时候绝对不会有预告。

我听一位师长说，他十岁那年，从午觉中醒来，妈妈在院子里晒被单。他走进午后的树林，仰望重重叠叠的阴影，睡眼蒙眬地，忽然之间，有了一种奇怪的感觉，自己终究有一天，会失去这一切。

读《庄子》，读到那个著名的"天籁"，就会想到这些道听途说的奇怪片段。后来回忆起来，大抵是言语所难以描述的，他说，一种扎实的沉痛。不是非常忧郁的那种，而是非常平静的。

这样的机缘纯属偶然。然而偶然性，才是生活显露出真实感的地方。母亲嫁给父亲的时候，并不是因为爱，只是想离开自己出生的那个地方。她没有想到，他那么早就死了，一去检查，就是癌症晚期。母亲拜遍了小县城里所有的寺庙，最后才回到在病床前的那个绝望的场景。关于即将降临的境遇，她毫无思想准备。祈祷的具体内容她已经忘了，她有没有情愿把自己的几年寿命匀给父亲，还只是单纯地祈祷一下，这些都只变成细节问题。没有用处，它就这么来了。

小时候，我对菩萨说，请你保佑我上清华、北大，我要离开这个地方。那时候以为，出人头地就等于上清华、北大，我要通过教育、学历，或者是别的不管什么，从一种境遇进入到另外一种境遇中去。如果有某种神秘的力量，能够再帮我一把就好了。

在我高考最后一天的下午，英语听力走神了，等我反应过来，已经过了十几分钟。那个散场的铃声，大致也相当于天籁吧。恍恍惚惚的，我知道祈祷失效了。奇怪,没有特别激烈的情绪,那种懊丧与失望,原来是平静的。

只是选择而已,主动的,或者被动加主动的。人所能够掌握的东西太少了。你是盲目的,既看不到前面,也看不到后面。

可惜只有当我们回顾往事的时候才意识到这一点。

人的这种局限性、无力感,真的就是没有办法的事情吧。"心之忧矣",《诗经·小雅》里有很多读起来类似的句子。《晋书·阮籍传》里也说他,"怀忧生之嗟",担心自己活不过去了,那种感叹的基调是类似的。他强行把自己灌醉为求自保的时候,是"战战兢兢,如履薄冰"的吧。"邦无道,危行言逊",曾子死的时候,他是这么理解这句话的。我们现在回头看这些人,都是历史人物,站在一个被既定为"邦无道"的刻板时代里,是沉痛的,也是隔了很厚的一层,难以理解的。

其实,他们具体的遭遇,和头顶上那个巨大的东西,抑或只是当下的感受,都能找到一些时常想起的生活场景相呼应,是重新被理解的回忆。在生活中,你会发现它可以表现得很生动。

沈从文从湖北五七干校回北京后,一个人住,生活很逼仄,吃饭简单对付,却意外"发明"了咖喱饭。他得意地告诉张兆和这件事,"我则新发明五几天炖一次瘦鸡,或去骨蹄髈,加点腐乳或咖喱,搁成冻子。煮点面,加一分钱菠菜,挖几勺肉并冻子入面中一搞,就成功了。方法省便,吃来也极合式,洗碗且十分方便。大致入夏以前将继续下去"。在时代的恐惧与厌恶中,他凭借着一些简单的饭食,"不升天,不下地,还得好好活在人间"。

父亲去世后,在我高考那年,母亲第二次拜遍家乡小县城所有的寺庙。后来,在天籁版的高考散场铃声响起来后,我知道,这一次的祈祷再次落了空。可是母亲仍然坚持拜佛,闽南地区有虔诚的民俗,母亲是生活并浸润于其中的一分子。她经历过一些事情,但没什么特别的。

父亲去世后,生活中有了很多改变。母亲穿上高跟鞋去百货公司上班,但工资很微薄。回忆中有了越来越多具体的困难和问题,大多关于钱,可是所幸,我没有忍饥挨饿的记忆,没有经历接受施舍的屈辱。多多少少会有一些阴影，但没什么特别的。像在某个似梦非梦的静谧午后，走过那片茂密的树林，身后是你出生的地方，是家庭，是母亲劳作的声音。

年纪很小的时候，我对着贴在墙上的纸菩萨，祈祷的内容都很具体。我想了想，说我要上清华、北大。再想了想，除此之外又说出了许多愿望。在我出生的底色里，我很早就看到，那些让我迫不及待想要逃离的阴影。可是天籁并没有满足我的愿望，不，它是否满足了，其实我并不知道。身处在具体的当下，我看不清。

可是你永远会在另一些时刻，反过来理解这些东西。我是否真的尝试着去理解过母亲的谨慎和吝啬？牙膏管子要从尾部开始挤，见底了的沐浴露、洗发水，用水灌满，荡一荡，还可以用上两到三次。小时候，母亲去买一把椅子，买回来，发现搭配桌子用的话，高了。于是她拿去换，站在商店门口，皱紧眉头想了想，然后果断地走进去。她说，我们家孩子太小了，因为椅子高了，她一坐上去就哭个不停。售货员本来坚决不同意，后来还是松了口，这一切激起了她的恻隐之心。其实那时候，我的身高早已超过那张桌子。

后来母亲来上海，在我的出租屋里短住。我要丢什么东西的时候，她的谨慎马上又回来了。看了看我摔破了一个口子的保温杯，她说，你仔细看这个口子，你看，虽然破了，但是不扎嘴，只要绕到完好的另一端去喝，还是个可以继续用的杯子。

她在说什么呢？我很勉强地留下了这个杯子。后来有一次，很偶然，我重新拿起这个杯子来用，发现她是对的，破的，但是不扎嘴。

母亲说，冰箱里有这么多水果为什么要买杧果？母亲说，我不是吝啬，只是想知道在上海一碗面多少钱而已。她的逻辑也是对的，她有她的方式，来抵抗这个世界上那些无法被她所理解的部分。父亲去世后，生活开始显露出越来越多陌生的样貌，她或许曾经猝不及防，坚持祈祷，但也从此开始改变。追忆时会感叹，当时惘然，只是现下也惘然，我不敢说我曾经理解过她。

等到离开学校，成为沪漂，独自负担生活，琐碎的困难和问题，一点点降临到自己的身上。我又有了一种很平静的预感，会留下一些东西，会失去一些东西。

《论语·子罕》里面说，"毋意，毋必，毋固，毋我"，是第一次克服。在《小弁》里忧伤的一唱三叹，"心之忧矣，宁莫知之"，后来"我躬不阅，遑恤我后"，可以算作第二次。无论如何，终究还是最喜欢庄子，他听到那个世界深处的美妙声音，自言自语说了很多话之后，才说的是，"方其梦也，不知其梦也"。

脔　脔

脔脔，是被放在菜板上剁成小块的肉，是瘦瘠的身板长在贫瘠的土地上，是人生中寄托的不切实际的希望，是梦想，也是绝望。

脔脔用闽南话说叫"暖暖"。

暖暖是九姑娘正儿八经的小名。

一　土　地

外公建新房子的时候，因为门前的水沟和小外公吵了起来。原因是要扩建檐廊，厨房炉子下面的水管子要加长。按照最节省材料的方法，是埋到池塘外侧的水沟里直接排掉，可是小外公的逻辑是，因为池塘是他们家的，所以那条水沟自然也是他们家的。

"那棵龙眼树还是我们的呢。"

"说到底，水沟毕竟离池塘更近一些。"

现在不是长龙眼的季节，龙眼配稀饭的美味正在被人遗忘。小外公气定神闲地躺在竹椅子上抽烟，小外婆照例是客客气气地，把眉毛笑得弯弯的，虽然该说的话一律绝不错过，可是她站在那里，既不叉腰，也不跺脚。外婆说，这些，都是九姑娘的事。九姑娘是小外公的大女儿，是外公的外甥女，是我母亲排行第九的堂妹。她一出场，我母亲就觉得，那成天吃着地瓜配酸菜长大的身子，藏在大人的衣服改小的裤腿里显得空荡荡的。别的女孩子都用乌黑的发辫打双层或者单层的麻花，不打的，多是被自己的阿妈拖着去，流着泪拿一把大红剪子剪掉了。只有九姑娘每天早上，咬着一根红头绳，用头梳把头发从颈部一梳到底，在脑壳顶端抓一大把打成一个扎实的玉米棒子。她的眉毛天生生得凶，两根粗粝的埋线深深地刺入鼻梁上面的两渠凹槽。我母亲的亲妹妹，二姨抓住我母亲的裤管，她说，我本来是要抓腿的。

两家的孩子开始扫水，一家往上扫，一家往下扫。这是小孩子之间的战争。外公吐掉嘴里的烟沫，我母亲听到外公说了声"你母"，九姑娘也势均力敌地说了一声，模仿得挺像，大家都笑了。这句难听的话在闽南语里其实没有什么特别的意思，于是小外婆仍旧是笑。外公量了量水管的尺寸，去市区要途经浮桥，中间又要转车，公交一天没几班，还得抓紧。我的亲舅舅，家里唯一的男孩，怯声怯气地问外公，是不是能带回一些虾糖。

虾糖是春节能吃到的金贵玩意儿。母亲说，皮是脆的，内里则是硬的。二姨说，有虾的香味。还是三舅吃得最多，他说，外圈酥脆可以一口咬开，糖晶粘在牙齿上慢慢地就化了，内里的硬糖则咸甜参半，吃到最里面的糖核会有一股鲜美的味道。

我说过，三舅是唯一的儿子，因此他的地位是特别的。他红着脸问外公，买水管的时候能不能顺便买包虾糖。外公沉默地抽着烟，晚上睡觉时母亲就能听到三舅嘴巴秘密的蠕动。一颗糖果纸从第二天的被单里抖落出来，母亲把它们用水沾湿，贴在窗玻璃上风干，夹在作业本里。

九姑娘的亲弟弟，十一舅，也是小外公家唯一的儿子。他还在换牙的时候，就声称自己无论如何不再吃地瓜。小外婆于是在蒸地瓜的时候，在地瓜中间放入一小撮的白米饭，盛在十一舅豁了口的小瓷碗里，蒸熟了，米饭的软绵黏稠浸透着地瓜汁液的香甜。流鼻涕的十一舅追不上九姑娘，饭一蒸熟，九姑娘端起碗就跑。小外婆并不追人，在家里打磨她的竹竿子，九姑娘吃完了白米饭，最终还是要捧着碗回到家来。

有一次，九姑娘对我母亲说："也许有一天，我死了家里也没有人知道。"母亲却说："但是我知道啊。"我母亲大概不是一个机灵贴心的玩伴，地瓜和白米饭的区别并没有刻骨地留在她的心灵深处。彼时两人在田里挖甘蔗头，九姑娘不满足那种粗糙稀薄的甜味，又想上树摘杨桃。八月份，屋子的主人午睡，狗也昏昏沉沉，等主人打开窗子，狗倏然间醒过来，九姨扯着我母亲的衣领，低声喊"趴下"，母亲极力把身子贴服地面，屁股却呈弓字形高高撅起。日后九姑娘每次提到这个细节，总是忍俊不禁地笑出眼泪。

20世纪80年代中期，九姑娘从农村搬来城郊浮桥读初中。刚开始寄宿在学校里，每天花五分钱蒸饭。固定的配菜是一缸咸菜，有时候去食堂打点卷心菜和豆腐，都是难得的美味。小外公开始培育蛋鸡，十一舅的鼻炎也被每天丰富的鸡蛋吃好。九姑娘领着鸡蛋和自种的大米，念初三时住到了姨妈家里，姨妈客气地收下礼物，每天早晨九姑娘就不再吃地瓜配酸菜。

挑货郎走街串巷，拨浪鼓总是摇得很动听。夏天最抢手的是冰棍，冬天则有杏仁糕和大小几截的甘蔗。早餐时常能买上一根油条。午睡起来，九姑娘总要搜刮衣服口袋缝里的钱，吃一碗撒上白糖的豆花。

咸牛奶、咸带鱼、海瓜子、酱河蚌……城郊的市场琳琅满目。十六岁的九姑娘第一次进城，她雇了一辆人力三轮车，漆得油绿的铁制车架子，用乌七八糟的广告纸糊起来的七彩棚顶，九姑娘背着红色帆布书包。时至今日，依稀还能看到这样的三轮车穿梭在鲤城老城区。那一天，九姑娘花光所有的积蓄，在西街吃下满满一盘的炸物。醋肉、紫菜、芋卷、五香卷、萝卜糕……我想那天在太阳落山的时候，她一定露出了甜美的微笑。

日后的九姑娘，并不怎么喜欢泉州小吃，她总说油。除夕年夜饭的火锅里，如果漂浮着一大堆刚捞上来的油澄澄炸物，九姑娘总要发脾气。后来发达了的九姑娘，脾气总是很大，相比之下，十一舅的脾气就小了许多。

正因如此，我总觉得九姑娘并不像是地道的泉州人。离开物资匮乏的年代，那些沾满猪油白糖的食物再也无法将九姑娘带回这里。初中时期的九姑娘，极其厌恶别人说普通话。在街上听到说普通话的行人，她轻蔑地称他们为"阿八嘎"，这是泉州本地人对于外地人的蔑称，九姑娘说得极其顺溜，几乎是脱口而出。十年之后，在广州、上海、福州都曾经寻找落脚之地的九姑娘，不再说闽南话。她回家来陪母亲上菜场，一口南腔北调的闽南话，一回头就被满头插花的蟳埔阿姨叫"阿八嘎"。我母亲没有放过这个千载难逢的机会，她笑出了眼泪。

九姑娘成绩不错，可是没有能考上中专，只考上高中。其实考上什么也许并不重要，九姑娘还没毕业，小外婆就已经替她筹划好了出门打工的事宜。二姨、四姨、五姨都相继出门，留下的是三舅、六舅和十一舅三个男孩，当然，他们没有一个是读书的料。我母亲破例读到高中，没有考上大学，照样出门打工。1989年，九姑娘离开学校的那一年，自晋江1979年第一家诞生在石头房子里的制鞋工坊开始，已经过去了十年，晋江正成为许多体育运动品牌的加工基地，因为经济发达逐渐成为泉州的名片。然而在农村，所有人都把90年代的神秘入口看得轻描淡写。二姨没有去晋江，却一年一年水涨船高地寄钱回来，于是九姑娘也离开了家，和二姨一道，到了临近的亚热带省份。我母亲后来也去了广州，进入广州服装加工工厂日夜运转的流水线，四姨、五姨也同样待过，这不过是她们人生的插曲。可是对于九姑娘来说，她跨出了家乡就没有再真正地回来。像80年代中期，从农村来到城郊浮桥求学的九姑娘，由那座桥下的浅浅水渠，隔开了她心灵的分界。小时候吃饭，九姑娘用握笔的姿势，将筷子夹在食指与中指之间，大拇指使不上力，离筷子头很远，据说那是远嫁的征兆，小外婆一个筷子打下去，总要被纠正过来。

一年之后，也就是1990年。高考落榜的我母亲，成为家族中最后一个出门打工的女儿。母亲梦想着成为知识分子，走得极不情愿，她在火车上凄凄切切地失眠。可是在那个年代，读书是无用的。母亲的向往终究成为笑话，火车站月台上挤满了年轻的小姑娘。

很有幸，我曾经问过九姨，1989年，那列从福建开往广东的火车。九姨记起了带在路上的满煎糕、烧肉粽、花生酥糖，最后才谈到火车，汽笛拉了好久，像破锣嗓子在响。

肯定有很多事情九姨没有承认。比如在我的还原中，我想她一定骂出了那句著名的"塞你母鸡掰"，痛快淋漓，也许毫无恶意，只是一个怨恨的告别。她离开家的时候只带了一个红色的蛇皮手袋，那几乎成为经典款式，蓝、白、红三种颜色的方格密密麻麻循环排列，只有在廉价的接缝处，才会被迫断开。

散　文

二　鼓　风　机

　　鼓风机主要由下列六部分组成：电机、空气过滤器、鼓风机本体、空气室、底座、滴油嘴。

　　那么，油箱放在哪里呢？母亲问。

　　油箱就在底座里啊，我头先讲你有无听到？那个小组长说话的时候太使劲，就像便秘时的生理反应，头发会微微地竖起来。

　　母亲呆呆地盯着那个巨大的黑色窟窿。叶轮带动着轴承、齿轮，以及整个机体。转子是形态匀称的圆滚柱子，它那种飞快的速度让人联想起某种尖利的东西。可是，整个鼓风机几乎都是圆形的，它的任何还没有磨平的棱角在高速运转的空气里都显得多余。新鲜氧气持续地奔进来，有时相拥成团，有时摩肩接踵成螺旋藻式的形状，它们被消耗掉，并不再具有价值，传输带是单向行驶的，润滑剂也向着同一个方向做定时定量的滑动，在上、下之间，产品在流水线上形成逐渐开阔的线条。

　　十九岁戴着一副斯文眼镜的母亲，在车间主任鼻毛拂动的蔑视中，只能做些拼贴衣料的活计，一块块奇形怪状的布料缝缀起来就成了衣服，她无端地想到正月十五闹元宵时猜的灯谜。这是知识分子梦想的残余，母亲手脚太慢，险些失掉工作，这是她到广州的第一年。

　　十二点和六点准时开两顿饭，最常吃到的菜是洋葱和卷心菜。这时候白米饭已不再是什么稀罕物，菜实在太少，就把菜汁拌在饭里，倒也能够吃得有滋有味。母亲对于吃食不挑，下午从流水线上下来，到休息室倒杯开水的工夫，还要吃根芭蕉。二十年后回忆时，母亲管它叫芭蕉，母亲眉飞色舞地向我比画着，不是香蕉，而是芭蕉。香蕉浓甜，价格贵；芭蕉略苦涩，价格也就便宜多了。成堆的芭蕉挤在小贩清早拉来的板车上，而不是门面结实的水果店里，几毛钱一斤，那时候，芭蕉是唯一能够买得起的水果。母亲又毫无理由地补充说，广东古曲之一就有一首《雨打芭蕉》。

　　下半年，母亲开始做袖子，至于领子、拉链、腰部等炙手可热的关键部位，那得等到几年以后。按劳分配，母亲是中等水平。按部位拿工钱，母亲则更加落后。我和二姨提到广东，二姨首当其冲要提她一年就开始做领子的故事，关键部位能拿更多的工钱，因此二姨会说到苹果和水蜜桃，这是母亲的故事里没有的。然而，四姨告诉我，二姨其实是一年半后才开始做领子，这个时间到五姨口里变成了两年。不过，这些都不要紧。

因为九姨以惊人的速度在厂里得到升迁，如果我们将之称为"升迁"的话。我想，九姨的广东故事，一定比其他人都要丰富许多。

进厂要靠关系，找熟人，妯娌之间各显神通，九姨与母亲并不在同一个工厂，每个星期连一个电话也不会打给对方。因此，尽管相隔不到一个城区，母亲对于九姨的广东生活几乎一无所知。在我的询问下，她只是不断地给我叙述她自己，她把两只手掌摊开，指着菜板上的豆腐和豆干，小姑娘豆腐般肥肥的手掌磨成了豆干，豆干晾晒日久之后变成了香干，香干放到油锅里爆两下，开裂了。这是一个生动的比喻。

加班是家常便饭，无条件加班是留下来的底线，大部分工资增长都来自加班。十一点从流水线上撤下的母亲往往筋疲力尽，零点匆匆睡下后，第二天早晨照例日复一日地加入流水线。

星期五，母亲给家里打电话，在刚来广东的一年里，时常在电话里哭红鼻子。小外婆在外婆面前大肆吹嘘九姨在广东的种种能干之处，性子刚烈的外婆有气无处撒，只得指责母亲。

偶尔周末有休息的时候，母亲攥着手里的零钱，在小摊贩手上买来瓜子和花生。母亲就是在那时候迷上了那种撒了一层霜盐的咸瓜子，嗑得她嘴唇青青的。

为什么不去看看九姨呢？我问。

我没有钱啊。

钱是所有的理由。九姨年纪比母亲小，学历没母亲高，却比母亲机灵能干，她早就寄回比母亲更多的钱，甚至比最早出去的二姨还多。1990年母亲来到广州的时候，九姨同样在广州，也在服装厂里。每天中午吃卷心菜和洋葱，也许也吃过芭蕉，喜欢过撒上霜盐的瓜子。进入鼓风机呼啦啦运输的传送带，面对那个黑色大窟窿，刚开始拼贴衣料，后来做袖子、裤管、衣身，手艺渐渐灵活而人脉宽广了，就能领到衣领、裤腰、拉链等关键部位。这些都是正常的解释方式，可是九姨的经历里遇到了无法解释的部分。到广东不过两年，据九姨自己说，她已经当上小组长了。母亲噎住了，像喉咙里卡着一颗核桃。

外婆屡次问小外婆，暖暖真的是在广州打工吗？是和我家老大在同一个广州吗？

可是，九姨的话是经不起推敲的。那时的车间组长、主任，清一色的广州本地人，骂人都用广东话：憨居，你扑街啊。骂得越凶，升得越快。你九姨倒是会骂人，只可惜，说不了广东话。母亲说，真奇怪，当时，我们都那么傻。

1992年，也就是隔年。春天还没过完，九姨穿着一件高领毛衣，回家来了。脖颈以下是锁骨，两只眼睛也像是长了锁骨，四周围成一道浅浅的凹槽。苗条是不错，但似乎有些过分了。

当母亲她们准备热火朝天地干下去时，九姨却再也没有回到广州。小外公每天待在家里，给福州的亲戚写信。许久没联系，他抓耳挠腮地想着合适的措辞。最后他说，有一个女儿想去发展，务必请帮帮忙。

后来，九姨就去了福州，再后来，母亲说，明天再讲吧。固然，这就是故事顺理成章的讲法。可是，我却想要倒回去，中间有一段那么大的空白。九姨在广州，究竟发生了什么？

二姨说，还不是和别人谈恋爱，和好几个厂的工人分别谈恋爱，后来被发现了。

四姨说，哪里是工人呢？工人她哪看得上，是车间主任，把她肚子搞大了。

五姨说，不是谈恋爱，是贪污，贪污了衣料，偷偷运出去卖。

外婆说，是和车间主任谈恋爱，然后合谋了，偷衣料出去卖。

小外婆说，没什么事情，就是想换一个行业干干。福州的亲戚主动写信来，有一个坐办公室的工作，问九姑娘喜不喜欢。

母亲说，我出来得晚，具体事情不晓得。要问，你还是问你二姨、四姨、五姨。

九姨走后的那年夏天，广东遭遇了有史以来最大的一次台风。广播新闻里说，上一次有这样的记录，还是在明朝年间。已经连续熬夜赶工一周的姑娘们，红肿着眼睛，突然感到莫名的兴奋。纷纷提前买了瓜子、花生，一整个宿舍里叽叽喳喳，也不知是抱着怎样看热闹的心情。

水已经漫到了大腿根部，可是当天照例要加班。

鼓风机夜以继日地转动，越来越大的风从小管子里俯冲而下，冲淡了一些瞌睡人的嗳气，又凝聚起一些，像是叶绿素腐烂之后的青草气味，那种淡淡的臭气吊打着神经。电灯泡管子、风扇管子，都在发烫。做工的时候，一律戴着卡其色袖套，胖瘦不一的膀子，也像是流水线上的管子，按照固定的距离被组接上去。如果突然少了一根管子，很快地，会有新的管子来接替。

外面有树歪来倒去的声音，哗地朝左边，接着扭向右边，腰身不够灵活的，就轰然一声断下来。声音揉碎在大雨里。还有楼上的花盆，砰砰地碎了一个，尚不稀奇，要是砰砰砰地接连碎下来，显得格外清脆，那倒是要看看了。

雨，不用说，像是热水灌进暖壶里，风，尤其大得吓人，中心是螺旋状的，外面的空气汇集得前仆后继，着急，没有秩序，中间的结构快速地收紧，像一个压缩了再压缩的弹簧。如果稍稍松开……

大家都坐不住了，说，假装上厕所，出去看看吧。

母亲说，每年都刮台风，可是那样的场景，后来再没有见到。怎么形容呢？母亲想来想去，不好意思地说，这么说可能不太恰当，就像是在露天里，一台巨大的鼓风机在运转。

三　胫　骨

　　胫骨，是小腿的双骨之一，位于小腿的内侧，主要用来支撑体重。

　　长年累月站在流水线上，母亲学会了保持一种巧妙的姿势。用脚尖的力量，将脚掌稍稍离开地面，紧接着，用脚掌的力量来做替换，以减轻一天工作的劳累。

　　于是母亲的胫骨周围，长出了像沙袋一般紧绷的腓肠肌。二姨、四姨、五姨也一样。包括九姨，1998年，我在泉州摸到了九姨的腓肠肌。

　　九姨咯咯咯地笑起来，天啊，大姐，你女儿在干吗？

　　十年后，在青春期的生长中，我对母亲说，我的胫骨疼。

　　母亲神色慌张地在我的背上一阵乱摸。

　　这是个笑话，我们很少意识到胫骨的存在，直到它受伤，或者说，被彻底抽掉。当然，这只是个假设。

　　我第一次见九姨的时候，把一颗鼻屎抹在了她的白裙子上，那是在90年代中期。可是，母亲坚持声称，我见到九姨，还要更早。那时全身湿漉漉的我刚从产房中被抱出来，血水顺着稀疏的毛发往下淌，九姨睁大了眼睛，看得目瞪口呆。太婆大喊，愣着干吗，过来帮忙。

　　母亲二十三岁回到泉州，完成了嫁人生子的命题，全家人都感到满意。二姨、四姨、五姨也纷纷返乡结婚。这几个男人几乎没有任何难度就成了我的姨夫，那时挑选姨夫的标准只有两个，一是老实，二是勤劳。

　　第三个标准独属于我的九姨夫。九姨刚好初中毕业，可是我的九姨夫是个大学生。学什么专业的，不重要，总之是个大学生。小外公说，职业嘛，知识分子。九姨夫是福州人，他帮九姨在福州找到工作，买房安居，落地生根。小外婆说，九姑娘，你现在是城里人了。

　　90年代中期，九姨在电信总局上班。每天将说话的频率调整成如五线谱一般均匀的轻重和喘息，"请拨440号分机""请留言"。九姨胫骨处的腓肠肌渐渐松弛下来。偶尔，发音的气流并不通畅，可是无伤大雅，没有人会发现。

　　九姨的故事本来可以到此结束了。当时母亲在家里每天给我洗尿布，九姨则折一个玲珑的三角围巾上班去。电信公司逢年过节就发面巾纸，小外公把它们摆在家里最显眼的位置。客人来的第一件事，递完烟，总要抽两张给人家，那意思倒像是问，上不上厕所？

　　可是，在21世纪到来之前，就在20世纪90年代的末尾，九姨的嗅觉开始隐隐作动。她意识到，有什么事情正在发生，就像一股潮水，慢慢上岸，她闻到了海岸咸湿的气味。

　　就是在这一点上，我觉得九姨像一个真正的泉州人。与油炸食物无关，她无条件服从于自己的嗅觉。

　　千禧年还没来，她对母亲说，大姐，我们下海吧。

　　母亲说，可是，我还没买到合适的泳衣啊。

　　这就是我的母亲，抓不住重点。

　　可是，我也不能肯定，九姑娘完全抓到了重点。

　　1999年，电信公司给所有员工免费配置了一只小灵通。与此同时，有几个女员工开始转行。同一年，九姨春节回家的时候说，可能以后大家都不用传呼机了。短短几年后，九姨的话应验。千禧年那一年，我的九姨夫海山企图再找找关系，把九姨调到前台工作。而九姨拎着大包小包的礼物，元旦一过就回到了农村家中。

　　母亲说，我不是不想跟你九姨一起下海。可是你那时候那么小，我生活都成困难，哪来的闲钱。二姨、四姨、五姨只懂得，钱要存在银行里，过个几年之后就能有几百块钱的利息。九姨说，钱生钱，她们大喊，九姑娘你脑子秀逗啦，钱怎么生钱。小外婆说，九姑娘，家里的这一点积蓄，你不能拿走，你拿走了，我们就没办法吃饭穿衣了。

　　小外公说，呵，胡闹。

　　那一年，太公八十大寿。里里外外，请了三天的酒席。每天都有人送来奶油蛋糕，以至于直到现在，我还能回忆起当时的场景。二十五岁的九姨，倚靠在东西塔背景前的石狮子上，拍了一张照片，身后塔楼色彩琉璃的飞天，隐没在晦暗寡淡的暮色之中。那时候广场上，还没有养鸽子。九姨戴着白色发箍，皮肤白皙，面容乖巧，齐刘海梳得笔直，穿直筒牛仔过膝裙。她的笑容，似乎还没有完全展开，细边框眼镜后面的眼睛，像是在看镜头，也像是在看镜头后面的什么东西。

那时候的九姨，并不知道，两年后，她的黄金时代就要到来了。2002年，以及之后的几年，如果可以这么说的话，我想那是九姨的全盛时期。

九姨再次发生着让人匪夷所思的变化。隔年，她离开了让人羡慕的电信局，九姨夫海山保持着往常沉默寡言的秉性。又隔年，九姨买了一辆黑色的本田，她开车带我们绕过村口，小外婆更加得意，小外公的牛则吹得神清气爽。第三年，九姨默不作声，一个人做主做了流产手术。海山回来哭了一场，第二天又拎着公文包上班去了。小外公电话拨过去，话说到一半就被九姨挂掉了，他说，啧啧啧，暖了一壶酒，喝光了，没有拨第二个电话。

九姨每个月回家一趟，提前一两天，小外婆总要做大扫除。被单都是重新浆洗熨烫过的，冬天的时候，房间里还要装上家里唯一的一个暖炉。每个月的这一两天，闲来无事的亲戚总喜欢上小外婆家坐坐，拎着家中各种油炸吃食，客气而亲热地叫几声暖暖。

小外公喝醉了酒，不撒酒疯，爱好是吹牛。我们九姑娘，给我好几张卡，钱都花不完，在外面请客吃饭，一顿好几万……听得多了，当年还在上小学的我几乎倒背如流。

外婆是个好强的人，始终不能服气。她说，他老牛倒是吹得响，一顿好几万，我看一个月有没有几万。

二姨说，九姑娘和我说，那鞋子是上海买的，八千块，真皮。我摸了一下，确实不一般。

四姨说，你又不是不知道九姑娘那性格，十块钱都要说成三十块。以前，说自己是组长，我们居然信她。

五姨说，以前是以前，现在是现在，只是她一个姑娘家，哪里来的赚钱的门路。

母亲说，你们看我干吗，我不知道，我真的什么都不知道。

也就是在这时候，九姨开始给我买衣服。作为九姨的第一个外甥女，我得到了独特的宠爱。开始是蓬蓬裙，那种底部缀满蕾丝，内衬支撑着胀起来，叠成千层饼形状的裙子。还有百褶裙，层层叠叠的皱褶有时由几种颜色的布缝缀而成，半身的搭配穿在身上，就像腹下绽开了五彩桃花。后来又有灯芯绒裤子。那是当时最为流行的布料，经纬切割分明，比棉更为厚实，绒条的形状如细密的灯草芯。

七年后，上大学之前，收拾行囊，母亲用撑衣杆探进衣柜的最上层，成打的灯芯绒裤子掉落下来。几乎没有任何的褪色和破损，母亲望着我叹气，我以前日子过得多么苦，你这样浪费。她已经忘了，这是九姨买的。

现在早就没有人穿灯芯绒裤子了，它被用来制作幕布、窗帘和沙发。后来有一次卖破烂，母亲想起来，说，索性卖掉吧，一斤两毛。我帮母亲把它们一件件装入麻袋。

其实母亲不应该忘记，或许，她也并非真的忘记了。2005年的春节，因为这些款式各异的裙子和灯芯绒裤子，在家中爆发了一次争吵。蹦出来吵架的是外婆和小外婆，而母亲所做的，是躲到房间里默默地流眼泪。

话题是从某一道菜开始的，二姨说是排骨，外婆说是卤料，而母亲坚持说，是九姨从福州带回来的红糖年糕。桌上有来自德化乡下的客人，母亲兴冲冲地要把年糕端上蒸笼，九姨冲着厨房喊，不是那么做的，要和蛋打碎了一起用油煎。

煎过年糕，果然甜香扑鼻。九姨尝了一口，仍旧说，油放得不够。

九姨喊我来，要给客人看看我的新衣服。那是她买的，九姨把吊牌掏出来，说你看吧，都是名牌。然后又问人家，我眼光怎么样，小姑娘穿好不好看？

好看。好看。

这样尚可，然而九姨也许是喝醉了。她接着，开始回忆起她给我买的衣服、零食，带我去过的地方。我在小音身上花了不少钱呢！最后她说，倒像是我自己的闺女似的。

这一次，连客人都不知道怎么接话了。

后来，这话传到了小外公家，内容就变成，母亲看九姨有钱，整天拉着她给小音买衣服。

所谓肥水不流外人田，小外婆用一种客气而古怪的语调，数落外婆。

外婆一听就火了。两人在春节还没有过完的时候，大吵了一架。而正月初二的时候，据说公司里有急事，九姨已经开着本田回福州了。

四姨说，你看，我说什么来着，我说她十块的东西都会说成三十块。

也就是在这一年，九姨带着我们参观她的公司。那是在一个高新技术园区，建在半山腰上，沿途是一路上行的山路。路过一片草地的时候，九姨说，我周末都来这里打高尔夫球。我就怀着一种莫名的敬意，伸长了脖子。

回家后，外婆问母亲，九姑娘的公司怎么样呢？母亲说，不错，有整整一层楼，十几个员工，据说启动资金要五十万。

五十万，天啊，外婆说，她哪来那么多钱。

二姨、四姨、五姨也凑过来问，那么多钱。

母亲说，我不知道呀。

母亲很快就知道了。当九姨有事情需要家里人帮忙时，像当年筹款一样，她仍旧第一个想到了母亲。2005年的冬天，母亲接到九姨的电话，她有一个钻戒落在了泉州市区某一个酒店里，请母亲务必进城一趟，帮她取回来。

母亲站在酒店的大堂柜台前，门开开关关，不断地有穿堂风从两腿的间隙中灌进来。大堂服务员说，确实捡到一个钻戒，不过订房的是位周先生。于是母亲打电话给九姨，九姨又打电话给周先生。周先生打电话来酒店，服务员仔细核对了电话号码，复印了母亲的身份证，从一个铁皮箱子中把钻戒取出来。

母亲拿着钻戒，近乎羞耻地走进外面凛冽的寒风中。那一天她买的菜实在混乱，土豆三块钱一斤，她掏了四块五却只买到两个。本来要买枸杞的，她却带回了葡萄干。外婆说，老大，现在时兴拿这个炖汤吗？

很快大家就会知道了，还没有等到2006年的春节，海山再次拎着一壶酒，独自一人回家来。和小外公关在房间里喝了一晚上，最后他说，我要离婚。小外公已经醉得不省人事，离婚好，离婚好啊。第二天，海山说，离婚的确是最好的解决办法。他想离婚的原因有两个，一是周先生，二是九姨的生意。九姨瞒着他，把赚来的钱都拿去放高利贷，已经有一段时间了。他说，他只有一个条件，房子归他。

九姨很爽快地签了字，和周先生庞大的资源比起来，她似乎并不吝惜位于福州金山居民区的这套二手三房。当然，当时为能够登上一艘豪华游艇而暗自庆幸的九姨，并没有闻到来自岸上房地产市场发酵的味道。就在一年后，也就是2007年，海山手中的这套房产已经翻了一倍，紧接着，接下来的几年，接连翻倍。

而九姨手中留下来的这辆本田，持续贬值。也就是在2007年末，以三万块的价格出售。而这笔钱，对于当时的九姨来说，只是凤毛麟角。

那么，周先生呢？
母亲说，我不知道呀。

准确地说，从2007年到2013年的六年间，没有人知道正在发生着什么。九姨照常往家寄钱，可是她已经几乎不再回家。2007年末，九姨怂恿我母亲再次进行投资，她仍旧巧舌如簧说得天花乱坠，母亲没有答应。母亲说，其实就是民间借贷。

我母亲从来没有攒下过几个钱，可是在2007年到2008年间，不断地被借钱。十姨是九姨的亲妹妹，她结婚十年没有生养，要做试管婴儿。十一舅的媳妇生了二胎，还是女儿，找公公婆婆要不到钱，也来诉苦。

问题最后都得到了解决，十姨得到了九姨的资助，而十一舅也终于拿到了父母的积蓄。他不但屡败屡战地打算重整旗鼓生第三胎，并且购置了一辆白色轿车，每周两次，去山美水库钓鱼。

那一年，我之前说过，九姨卖掉了她的那辆黑色本田。

母亲说，你九姨这些年，好像一场梦一样。车和房子就算了，可是四十多岁了，没有自己的家庭，也没有自己的孩子。

公司呢？

我曾经亲眼见到的公司，一排整齐的办公室隔间，天蓝色幕墙，背后有一个被栅栏围住的高尔夫球场。

什么公司？

我甚至怀疑九姨所拥有的这一切，是否真实存在过。现在，九姑娘像二十六年前离家时一样，两手空空，一切又回到了原点。

甚至更糟，九姨出走的2014年，除了猪肉涨价，餐桌上的新闻就是某天突如其来某个亲朋好友的电话。内容无一例外，都是借钱。然后，明天买菜的时候，遇到较为相熟的亲戚邻居，在摊贩称肉的间隙，往往能够听到一个关于昨天这人的动听故事。

我们家的这个人，就是九姨。2007年，公司倒闭以后，九姨到处鼓动熟人投资，做起民间借贷。九姨从别人那里借来钱，再借钱给另外的人，九姨靠着这其中的利息差维持生活。2014年的下半年，当"跑路"成为一种流行词汇之后，九姨的客户跑路了。2014年中秋节前，九姨给家里打了最后一个电话。之后销声匿迹，开始逃避债主的追踪。庆幸的是，她没有开口借钱，母亲说，那是个天文数字。

小外婆的脸，等到电话挂上之后，才慢慢地红润过来。退休金是保住了，不管怎么样，一家人，还要吃饭穿衣。

2012年，我到福州念大学，和九姨在同一座城市。两年后，九姨出事，我大二。母亲打电话给我，她说，如果九姨给你打电话，不要接。

2014年，十姨唯一的儿子已经满六岁。胃口很好，后来小外婆帮十姨带孩子，养得更胖。为了孩子的安全，十姨决定搬家，把自己的房子空出来，到外面租房子住。

十一舅也紧接着生了第三胎，终于生下儿子，也算扬眉吐气。小外公喜不自胜，拿出退休金，几乎倾家荡产，在城里为儿子购置了一处房产，三室一厅，外加一个小阳台。

2016年，太公已经去世，轮到太婆八十大寿，按照风俗这是大节。一大家子人，包下了村前头的那片广场。二姨、四姨、五姨，当年所有背着行囊出去的人，和老公、孩子并排挤在一起。他们的孩子，喊我大姐。酒桌上，大家亲热地骂着"撒你母鸡掰"，毫无恶意，嘻嘻闹闹，喝得脸都红了。

末了想起来拍照，去喊村头的赵师傅。结果来的是赵师傅的儿子，他说，父亲老了，中风了。

几个年轻人兴致勃勃地要去开元寺拍照，那里在展览发掘的南宋古船，还新开辟了弘一法师故居。他们谈到西街的小食，现在人人都愿意在家里做炸物了，而润饼皮已经登上了泉州电视台。

几个孩子模仿着王牌节目"泉州第一炮"的腔调，小外公两颊通红又开始吹牛，这一次的对象是他唯一的孙子。长一辈的人暗地里称他为"炮仙"，同样毫无恶意，几乎是一个爱称。

不知道是否还有人会记得九姨。

母亲几次三番地问我，九姨是否有给我打过电话。为了不让她担心，我说没有。

其实是有的，有那么一天，我确实接到了九姨的电话。

我在骑车，看见手机屏幕亮起来，我想，干脆停下来再接。面前的十字路口有几辆自行车平行经过，通过这里大概需要三十秒；然而，前方刚好赶上红灯的末尾，那么，这样的时间，还要加上十秒；自行车通过之后，却紧接着开来一辆私家车，十秒；司机显然是个新手，行驶得慢，五秒。

五十五秒，手机屏幕又暗了下来。

其实，我也许并不是不想让母亲担心，我只是无法回答，我到底有没有接起九姨的电话。

九姨的胫骨,是家庭。水往低处流,人往高处走。它被抽掉了。当然,我也作为一个小角色,参与其中。

四 脔 脔

在闽南话里,名字的读音只能从名词中摘取。因此,九姨的小名其实有很多种读法。小外公管她叫"嫩嫩",小外婆叫"烧烧",而她的弟弟妹妹,则叫她"脔脔",都是谐音。

十姨曾经失口讲述过九姨被催债的经历。她坐在窗台上,被打得鼻青脸肿,一道长长的血口撕裂了额头,她哭喊着,要从十二楼跳下,一只腿悬空伸到栏杆之外,窗外是今年第一场秋雨。两手呈三脚架支撑在瓷砖之上,打湿的瓷砖光滑如剥开的蛋白,催债的男人也就后退了一步。

后来她的男朋友历经磨难把她救出来,两人开车跑路。这个男人比九姨小十岁,由于九姨被讨债,他的名下寄存着九姨这半辈子留下的所有财产。整个家族没有人确切地知道,他们到底有没有结婚。太婆说,你九姨老了,她老公却还年轻着,并不相配。

九姨在上海躲债,我到上海读书之后,母亲则更为焦虑。然而,实际上,九姨再也没有给我打过电话。

母亲说,很多年前,她曾经试图说服九姨留下来。在这个生活了世世代代的地方,母亲列举了种种好处,九姨并没有听进去。

你听我跟你说。

说什么?

永春的柑橘快要熟了。

德化的乌鸡迈开雄健的双腿奔跑在田野之上。

安溪的姑娘一到十六岁就去采摘铁观音,晒得黑黑的。

南安二十多岁的女子还在愁嫁妆。

鱼　脸

　　有时候，东边下雨，西边日晒。平原上的人们，此生都不曾见过积雪。如果离家，也只需要带一个蛇皮手袋，逢年过节，总是要回来。
　　日子不就是这么过的么。

　　唯独九姑娘，站在乡村的田埂上，心里燃烧起一场大火。
　　九姑娘说，我还年轻哪。

大 表 姐

不记得是从什么时候起，我们都变成了小表弟或者小表妹。

大表姐是我们的辅导员，何导。然而大表姐一开始并不是大表姐，她是充满威严神色的赵薇。之所以说她是赵薇，是因为长得像，大表姐很漂亮，黑亮的大眼睛，剑眉英挺俏丽。然而她并不像《还珠格格》时期的小燕子，她也早已转型为"女强人"。"为什么请假""为什么缺课"，她平静地看着你，你的心里翻江倒海，觉得嘴唇无比干涩。

我们在换登机牌，过程繁琐，在登机前大表姐又接了一个电话，是表妹，她说。她说起表妹考试、找工作、谈恋爱，喋喋不休，同行的老师笑道，你到底有几个表妹呢？她也笑了，对啊，太多了，记不清了。另一个老师指着我们，把他们也算进去吧，有表妹，也有表弟。我们都笑了。好啊，早就算进去了，她说。

飞机在航道上开始滑行，现在是早晨九点钟。我们一行十一人准备代表学院赴台湾参加活动，大表姐是带队老师之一。现在，大表姐就坐在我的旁边，我们中间只隔了一个位置。

飞机里的灯光暗下来，声音和气息都逐渐变得微弱，大表姐裹上毛毯开始小睡，我不经意地望向窗外似有若无的云朵，薄薄的淡妆下显现出大表姐成漩涡状的黑眼圈，她在睡梦中困倦地呢哝了一声。

半年前，因为成绩优异，我已着手开始准备保研。我找大表姐要了往届学长学姐的联系方式，开始挨个联系和咨询。然而对于我的梦想，他们均保持了保留性的意见，毕竟我想推免的学校和专业，并没有人尝试过。我把梦想告诉了大表姐，出乎意料，她大为振奋。像无数次接到表妹的电话那样，她开始娓娓道来、如数家珍，告诉我绝对要有的信心和应该准备的资料、努力的方向。在那间狭小的办公室里，人流不断地进进出出，大表姐在一片嘈杂中大声鼓励着我，我以为鼓励仅仅是鼓励而已，然而她是认真的。

鱼 脸

　　九点十五分，云朵在车窗外保持着恰到好处的距离。只看见白色的影子，好像在眼前，又似乎遥不可及，就像是人生，我想。大表姐还在沉睡，我打开飞机上的电视，信号不好，画面时断时续，播放的是毕飞宇的《推拿》，也是"人生"，无处不在。

　　大表姐从不和我们心灵鸡汤式地谈人生，她总是干净利落地处理所有的事情，在九月推免的诸多事务来临之时，签字、盖章、打印成绩单、出具证明……事无巨细却井井有条。她的脸上永远挂着自信、爽朗而不失威严的笑容。她不强行灌输任何个人的人生经验，"所谓'经验'，都是主观的"，她鼓励我们往外走、去申请、去面试、去尝试、去挑战自己，鼓励我们听从内心的声音，"人生的路，应该自己来选"，以"我们"为主，这是她谈人生的方式。

　　九点三十分，开始发放飞机餐，和我去上海的航班是同样的餐饮，红糖糕、馒头，和一杯饮料。

　　当我接到梦想中的上海院校的面试通知时，我第一个想告诉的人就是大表姐。在电话那端，大表姐的欣喜之情溢于言表。她又开启表姐式谈话模式，从细枝末节起一一交代。她细细询问了我的准备情况、准备资料，甚至交通、住宿，一应俱全。她否定了我的交通方案，几乎是当机立断地替我决定了，"早一天去，坐飞机去，否则太累了，影响发挥"，事实证明，她是对的，事前充足的准备给我争取了宝贵的心理时间。

　　九点四十五分，我吃完了自己的红糖糕，却冷落了馒头。这种特定年纪的饮食口味正如对人生的理解。然而睡醒过来的大表姐，主动把自己的红糖糕递到我的手里，"我爱吃馒头"，她说。是否也是一种理解呢？

　　我顺利地拿到了梦想院校的预录取。我想起曾经的自卑与困惑，以及大表姐在人流嘈杂的办公室中对我的大声鼓励。在记忆的帷幕之下，当所有的背景褪去，我能看见她鼻尖沁出的密密汗珠，劳累的痕迹嵌在她的眼睑之上，她不露声色地照顾着我的心理与情绪，她将那些动摇我信念的、使我彷徨不前的顾虑一一拔除，她用一种恰到好处的方式抵达你的内心，告诉你，"人生"不是用来谈论的，在最重要的抉择之处，重要的不是"经验"，而是你自己内心的声音。

就像她未必真的爱吃馒头，然而她知道我爱吃红糖糕，于是选择成全我，去亲自体味那种温暖而甜蜜的滋味。

十点整，飞机降落在台湾桃园机场。小睡后的大表姐重新容光焕发，与后面的同学攀谈起来，"人生"是毕业班谈不完的话题，考研、教招、考公、选调、事业单位考试……大表姐有操不完的心。

"好啊，早就算进去了。"她说。我明白，不是在开玩笑，她是认真的。人生的旅途这么长，然而她愿意尽心尽力地陪伴我们，完成这一段飞行。

鱼 脸

沪上旧梦

　　当我还在上海的时候,别人问我对上海的印象,我会用很多冠冕堂皇的词来表达,比如"虚荣""浮躁""物质"等等。但是,当我离开上海,身处小城寡淡无味的寂寞夜色之中,我才发现,我已经忘不了那些灯火璀璨的夜晚。初到上海,站在外滩,隔着黄浦江望去,鳞次栉比的高楼如钻石珠宝镶嵌而成,让人顿时有落入宇宙繁星之中的错愕之感,光之瀑飞坠,四处漫步恍若置身于浩瀚光海……我内心的虚荣、浮躁、物质在那一霎间喷涌而出,听到了沙滩退潮后的柔软声音,我知道,我已经爱上了这座城市。

　　这种爱是长达三年的想念,和仅仅四天的一见钟情。好比一个荷尔蒙旺盛的适龄男青年,用了全部的青春去暗恋一个心目中的理想女神,而只用了数秒就爱上了坐在对面的相亲女子,只因为她有着和想象中一样的绝世容颜。当我站在这片土地上,得偿所愿地想象着青春时代奉献的爱情,记忆像有颜色的液体,在空气中慢慢地涨起来,我屏住呼吸、暗自窃喜。

　　我青春时代的所有梦想都与上海有关。掩映在王琦瑶只身穿过的弄堂清晨的迷雾中,曼妙身段飒飒作响;路过姨太太麻将打得震天响的爱丽丝公寓,老式唱片彻夜未眠,早上照例要吃一笼热汤包;路过封锁的让翠远和宗宝优雅调情的电车,轰鸣声扰了张爱玲的清梦;路过白流苏和范柳原惊鸿一瞥的歌舞厅,旗袍与西装娇嗔软语、耳鬓厮磨。今日的上海,王琦瑶的故事已经逝去近三十年,我们却还在做着有关王琦瑶的梦。忽然之间,一个来自四川自贡的畅销书作家成为新的城市坐标,他写道:"这是一个以光速往前发展的城市……这是一个匕首般锋利的冷漠时代。"我在一个遥远的夏日午后读到这句话,热气消散,心潮澎湃。那时的我和所有高考前的孩子一样,在逼仄的小城市里蠢蠢欲动,一心渴望亲眼见证全中国最广阔繁华的天地。于是,我在梦想一栏郑重其事地填上了心仪的大学,它的落脚点就是上海。

　　后来的故事就变得毫无新意,符合了所有苦情戏的低劣戏码。高考发挥失常，我没有哭，彻夜失眠，每分每秒，听着金鱼在水缸里吐气泡的声音。我看着曾经的梦想走过来对我说再见，然后我也挥挥手，一直琢磨着，要留下一个隽永的笑容才行。告别我的沪上旧梦，无法再强求洒脱。我并不能完全洒脱。番茄很好吃，为了吸取其中的茄红素，我怀揣着惊人的偏执吃了三年。可是上海的番茄长什么样呢？会不会长得像体态丰腴的猪头，哈，我恐怕无法得知了。

令人欣慰的是，高中挚友霁最终去了上海。于是我在每次煲的电话粥中，一点一滴，听见那座城市的呼吸。霁说，《小时代》开机发布会就在我们学校旁边的泰晤士小镇，韩国的"running man"要来上海制作特辑。霁说，我一个上海的同学的同学的同学的邻居是郭敬明，还有这个同学的另一个同学的同学姓桂，是桂纶镁的亲戚。霁说，这里的菜好甜，食堂之外的东西太贵，还有，味全酸奶的味道简直好到停不下来。最后霁说，怎么办，张子，我想你。

霁，上海的冬天很冷，记得加条围巾。

在松江南下车看见霁，一脸灿烂的笑容，她还是那么可爱，像刚出炉的白瓷娃娃。她一看见我就说，张子，你瘦了，脸上的肉都少了，我都不能捏了，这样叫我怎么再爱你？我笑着开始争辩，我们就回忆起了以前的日子。一起在下课结伴吃糯米鸡，一起入"杜氏王朝"做了二姨太和管家，一起哄笑政治老师的一休哥动作，还有一起在KTV变成麦霸。愚人节奥利奥上的牙膏、学校后门六块钱一份的咖喱鸡腿饭、七夕节从天而降的表白……我曾经以为那些日子会痛得刻骨铭心，看来是我错了，所有美好的记忆，都那么真实地存在着。

她大言不惭，到上海就跟我混吧，我也赶快配合称是。于是我们手拉着手，一路哼唱，逛遍了上海所有繁华优美的街道。喝着廉价的饮料，巡行在高档百货与平价餐馆之间，前所未有地开心。城市越大，越觉得有一双手的温暖是多么难能可贵。特别是每夜在身旁听着沉默如谜的呼吸，就会莫名地感动。人生的路途这么艰难，幸好还有她。

让她陪我重拾沪上旧梦，去所有繁华或者荒凉的地方。泰晤士小镇，哥特式建筑美轮美奂，到处是价值不菲的宠物狗，装潢豪华精美的西餐厅和咖啡馆让人望而却步。但是她说，对外开放的只是很小的一部分，高档住宅在岛上，仅让私家车进入。外滩，让我感受一场灯火盛宴。去的途中，摩天奢华酒店依次排开，和平饭店因其历史遐想傲视群雄，最具贵族气质。五大国有银行总部大楼宛如钻石镶嵌，在空中细碎闪耀亮如白昼。而黄浦江岸，人潮汹涌。豪华游轮在江上恣意行驶，美得如满载繁星的船。在南京西路，奢侈品就是生活必需品，国际大牌林立，所有店员一律体面礼貌、微笑适度，精通第二外语。特地去了《小时代》中的"久光百货"和"恒隆广场"。在久光，这个日本人开的百货，看到了顾里曾经买下的传说中一个298的苹果。而在恒隆，不标价的服装专柜比比皆是，客人一律不问价钱自觉刷卡。那些红黄蓝绿五颜六色的银行卡，在我们惊愕的目光中颜色被搅得粉碎。我在门口拍了一张照片，笑容灿烂，姿势古怪，双手反握局促地缩在胸前，像在祷告。这张照片至今活色生香地留存在记忆中。

树是一个站在地铁出口的男孩，穿着干净的格子衬衫，随时准备着奔向前方，而爱笑的天性与耍酷的习惯永远不变。霁说，抱歉，我迷路了。我们两个路痴在人来人往的十字路口晕头转向，于是，她打电话叫来了树。

树是霁的小学同学，但和霁不一样，同来上海一年，他已经把这里的主要道路在心中贯通得四通八达，说着一口初来乍到的蹩脚上海话。

吃晚饭的时候，他加重语气说，我要留在这里。然后开始大谈特谈所谓的创业计划。大致是卖什么电话卡之类的，我们嘴上敷衍着，没有在听。我们心知肚明。和那个自幼生长的亚热带小城不一样，上海的冬天很冷，树，我说，我送你一条围巾。

晚上在99旅馆睡觉，空间局促，总感觉像是睡在火车厢里。换洗的衣服无处晾晒，就挂在头顶，偶尔会有一两滴水珠顺着脸颊滑落下来，恍惚间还以为是自己的眼泪。破旧的小电视里播放着于正的《陆贞传奇》，画面一晃一晃、雪花四溅，也像是在坐火车。这座城市的故事就像是一列急速行驶的火车，渺小的个人被裹挟着无处可去。

　　霁从来没有和我正面谈论过留在上海的问题，我们只是躺在火车厢里彼此静默不语。这个城市像一个巨大的磁盘，向外的风无论多么强劲，向内的力量总会将所有靠近的物体牢牢吸住。这个城市也是一个令所有男人无计可施的美女，为她神魂颠倒、倾其所有，只是为她绝世的容颜来一场痛快的豪赌。那个亚热带小城的光芒已经在记忆中逐渐熄灭，生活充满了太多的可能性，即使霁不说，我也都明白。

　　睡得并不安稳，做了一个奇怪的梦。在梦境中，一个陌生的女人赤脚坐在高大的落地窗前，背对着，头发蓬松，睡袍及地。她的脚踝洁白透明，脖颈修长性感，耳垂后面的细密汗珠，像星星点点的动人泪斑。这并非噩梦，我却从梦中惊醒。99块一晚的房间没有窗户，闷热异常，只听到老鼠在幽暗处低吟浅唱。

　　在回去的动车上，亚热带小城的炎热气味如同一些已逝的花瓣，渐次鱼贯而来。我打开沉重异常的旅行箱，发现霁已经用上海产的番茄，将所有的缝隙依次填满。我为这个恶作剧般的贴心行为而哑然失笑。却惊喜地发现，它没有长成丰腴萌蠢的猪头形象，年少时代的爱恋，更多地来自想象。对于这样一场奋不顾身的城市爱情，这或许就是一个皆大欢喜的结局。

鱼 脸

啾　　啾

"啾啾"不是一个戏谑词，它是很多种随时可能发出的声音。太平洋初夏的风吹过明亮的稻田，猪排饭的来源性生物绝望地拱着白菜，还有南部烈日下犁地的水牛粗鲁的喘息，马的大鼻孔波动着周围的空气，我差点忘了，甚至包括我们人类，也可以发出这种奇妙无比的拟声词来。

在台湾文学馆的儿童文学书室里，一个穿海军服的小男孩，脸蛋红得像苹果，盯着手里的图画书，吹口哨般得意地望着对面的女孩，"啾啾""啾啾"，女孩咯咯咯地笑了。我在无数本儿童画册里找到这种声音。一只皮毛黑亮的猫，慵懒地爬行在建筑的顶端，风在黑白两色的线条间自由流动。你听，这是一种心动的声音。

我对台湾的最初印象来自外婆的讲述，十年前她坐在木制摇椅上，双鬓雪白，穿着暗红色对襟开衫，骨瘦如柴，手上的南洋翡翠镯子不时滚落在地，最终毫无意外地碎成两段。

当年的外婆是南洋富商四姨太的女儿，少女时期上教会学校，学习钢琴、绘画、祈祷诗和法语，回到家，一条街的金店伙计都竖起耳朵，倾听她走街串巷银铃般的笑声。

后来，战争来了，外婆回到中国大陆，嫁给了在泉州港捕鱼的外公，大房逃到台湾，用仅剩的资本在那里打理起了一家小小的金店。

外婆忘不了在台湾的大房亲人，尽管几十年以来从来渺无音讯，她总说，哥哥的小女儿是她一手带大的，三岁了，就会唱赞美诗。后来，她老是冲着我喊，阿万，阿万，今天小姑带你，阿万，阿万，法语也跑出来了。我们都笑了，那时候妈妈说，这是阿兹海默症。

我躲到房间里，不管外婆的捶胸顿足，听我的磁带。那时候最有名的女子组合是三朵小金花，三个小姑娘用闽南语悲苦地唱道："风声呼呼地吹，雨落在大地……"我几乎要落下泪来。

飞机降落在台北的夜空之上，我在睡梦中被一片璀璨的光芒所惊醒。

星月辉映，满盘的银河之光被打翻在地。台北101大楼仿若银色水晶般通体透亮，围剿着四面聚拢而来连缀成海洋的各色灯光。

我睁大了眼睛，在走下飞机的那一刻仍然晕头转向。这里不同于我亲眼所见的任何一个地方，风声不是呼呼地刮过你的耳际，而是咻咻地挑逗着你。九点半，守护城市的是灯光，平凡故事已经停演，寻常人家大都进入梦乡。

清晨一醒来，我就想起了《海角七号》里阿嘉的第一句台词："操你妈的台北！"最后一句忘了，真是抱歉。然后他换上机车，长镜头源源不断地延伸在台北的大街小巷中，像我曾经迷恋《牯岭街少年杀人事件》这样的电影一样，我把它倒回、播放、暂停、再倒回，不厌其烦地看过一遍又一遍。我从酒店的窗户往下看，机车是叫醒这座城市的第一声轰鸣，无数戴着头盔的阿嘉川流不息地进入你的视野，带着便当、邮件、运载的货品或者深色公事包，他们在太阳强烈的光线下睁开渴睡的眼，也许昨晚正因为梦想而彻夜未眠。开着机车的阿嘉这么多，一样单调的姿势，一样经历着欢喜与绝望，就像一个电影长镜头在你眼前铺展开来，倒回、播放、再倒回、播放。

台北有很多追逐梦想的阿嘉，散落在捷运站入口、西门町、广场、夜市周围各处，弹吉他唱歌，全情投入，甚至有一个瘦弱的女孩子，在西门町每晚拉着一把巨大的竖琴，满面笑容。他们安静而坚定，每晚乘坐着十二点钟最后一班捷运回到住处，第二天开着机车再重新上路。

台北人执着、克制、充满秩序感，全台湾或许都是如此。只是台北作为鱼龙混杂的文化中心，尤为明显。在台湾的一周里，我说的"谢谢"或许相当于平时一个季度的总和。音节柔和婉曲、发音清脆、尾音拖长多变的台版国语，擅于用一声"谢谢"，囊括万千——表达礼貌、感恩、歉意，化解尴尬与误会。"谢谢"，我如是说，成为一种入乡随俗的日常性用语。台北故宫博物院禁止拍照，工作人员一声警示性的"先生"……"先生"……语调平常、声音清晰，却恰如其分地将违规者围堵到狭窄的角落里。我不禁为这种台版国语的魅力感到心动不已。

也许，不论是凤梨酥、蛋挞、松饼，还是起司蛋糕，所有的台北人都会不厌其烦地花上数个小时，排着长队购买，甚至在拐角形成笔直的九十度。

鱼 脸

我站在队伍中间，高温难耐，精神恍惚，看着前面撑着阳伞、身段窈窕的年轻女子，就这样猝不及防地想起了阿万，我想她在二十岁的某一天，从台南来到台北，坐了三个小时的火车，在同样的高温天气，来到这家远近闻名的点心店，站在队伍中间，探身进柜台，发出嗲声嗲气的台妹腔："老板呵，来两盒蛋黄凤梨酥吧，对啦，还有一盒麦芽凤梨酥哦！"

轮到我，老板搓着手充满歉意地说："抱歉，小姐，卖完了，要等下一炉。"

"没要紧喽，好呷的孟将就得等。"我蹩脚的台语把所有人都逗乐了，我却在那一刻感到黯然神伤。外婆的阿万的确永远走失了，站在柜台前的只有我自己而已。

还在台北的日子里，我就意识到，我已经迫不及待地要往南走。淡水、彰化、九份、鹿港、集集、基隆、高雄、垦丁、花莲，每个地名的背后都掩埋着缠绵悱恻的动人故事，光听到名字就足以令人激动。以至于我一度排斥北、中、南的地理方位性划分。我在午后的大巴车里跟着英俊的司机向南向南，但是一直迷迷糊糊，并不知道自己身在何处。

《恋恋风尘》的开头一直重复播放在我的脑海里，红色铁皮火车伴随着发动机持续不断的轰鸣，驶进深绿浅绿层峦叠嶂的原始森林，整点报时的月台会有一个青梅竹马的送别情人。今日沉默寡言的小伙子阿远，往日里就是童年往事中阿妈声声呼唤的"阿孝呼"。每个故事里都有这样一个阿妈，从大陆来到台湾，一辈子念念叨叨，徒劳无力地强调着她的眷恋。然而阿妈终究还是没能回到大陆，长大后的阿孝呼和阿远会穿起风行一时的花衬衫与喇叭裤，悄无声息地打开成人世界的《蓝色大门》，忘掉曾经爱得撕心裂肺的阿云，在《悲情城市》里走进历史的洪流之中，一切都是《最好的时光》……

我在台南的夜市里吃到蚵仔煎，心里盘算着接下来的目的地，猪脚面线、大肠包小肠、大饼包小饼、挫冰、手摇奶茶、盐酥鸡、菜尾汤、担仔面、虾卷、芋头酥……然而我再也无法兴致勃勃，还是想起外婆。

爸爸第一次见外婆的时候，到厨房里做起了蚵仔煎，他上下翻腾着锅底，做得汗流浃背、眉飞色舞，外婆吃完却沉默了。现在我明白了外婆沉默的原因，爸爸的蚵仔煎，海蛎和韭菜密密麻麻、层层叠叠而生，而台湾的蚵仔煎则是轻薄的一片，蛋的金黄汁液将海蛎均匀地聚拢，其中地瓜粉功不可没，被搅拌成了水晶虾饺皮似的Q弹口感，豆芽菜、胡萝卜、韭菜恰到好处地点缀其中，最后厚厚地淋上饱满而酸爽可人的甜辣酱。外婆从小跟着台湾厨娘，吃遍了正宗的台湾菜，她从没踏上过这片土地，但在童年时代就完成了对于它的想象。所以外婆坚决地对我母亲说，这个男人连蚵仔煎都做不好，却夸下海口，带着神经质的批判精神。母亲不置可否地笑笑，外婆的意见在长大成人的母亲面前只能作为参考，三个月之后他们还是顺利结婚。蚵仔煎并没有那么伟大的力量。

我在台南的台湾文学馆里终于遇到了魂牵梦绕的台南爷爷，花衬衫、黑短裤、平底布鞋、大蒲扇、地中海式的高傲发际线、矮瘦的身材与黑色背景中一双亮晶晶的眼睛。他是话痨，和想象中的一样，热情、幽默、孤寂、闲适。

他说小姐你是从大陆来的啊，那我们熟悉的东西是不是一样的呢？你有没有听说过梁祝？梁祝，你知道吗，就是梁山伯和祝英台。我有一个孙子在安徽，黄山，你去过吗？有一句话不是这样说——"五岳归来不看山，黄山归来不看岳"。哦，还有山西的庐山，是吗，听说也非常漂亮。

是江西，爷爷。

小姐你是泉州的呀，泉州也讲台湾话？和我们是一样的吗？那我考考你吧！我们今天去看电影怎么说？今天吃饭了没有怎么说？我们今天又看电影又吃饭怎么说？

小姐，你们那里有没有一个成语叫作"含苞待放"。这里有一个什么故事呢？你让爷爷说给你听。

爷爷哈哈哈地笑起来，他说的是一则冷笑话。我却忍不住随口问他，爷爷，你认识一个女孩子叫阿万吗？

阿万？我认识阿霞、阿月、阿娇、阿春，好像没有阿万啊，你说的是哪一个阿万？

外婆在老年痴呆症期间，成天呼喊着阿万。母亲把鱼汤端到她面前，她一手打翻，"阿万呢，我要阿万"。

母亲在很久以后松口告诉我，当年外婆就是台湾厨娘，在战乱中，拿到了七张到台湾的珍贵船票，然而大哥一家将外婆像多余的行李似的抛在半路，只留给她几个翡翠镯子，不然外婆也不会嫁给大字不识一个的外公。

然而时间暴露了外婆心里的秘密，她还是放不下阿万，谁给你盘头发、做绣鞋，谁帮你挑郎君、送你上花轿？爱中有恨，放不下的却还是爱。

我终于想起了《海角七号》的最后一句台词，阿嘉站在离别的海滩上："留下来，或我跟你走。"这是一个深情的故事。我想阿万一定也经历过这一切，她在四岁到来之前完成逃难的记忆，从此时间沿着平凡一致的时间轨道自然滑行。她换下第一颗乳牙，背上崭新的花布包；她在小学五年级拿着考得不好的数学考卷，在村子里绕来绕去不敢回家；她迎来第一次发育与初潮，惊讶得张开了嘴巴，不知如何是好；她参加秋游，弄丢了父亲最贵的手表；她收到第一封情书，那个男孩羞羞答答地请她吃米血糕。她国中毕业，考上台北的大学，每个月坐三个小时的火车往返于家与学校之间；她偶尔旷课，常常睡懒觉，喜欢边吃鸡排边看言情小说，那个时候还风行着琼瑶。直到她遇见阿嘉，穿着浅灰衬衣、深蓝短裙、白袜皮鞋，坐在他的机车后座，天南海北地走。她对他说，"留下来，或我跟你走"。于是他们结婚了，台北的房子很小，生活风平浪静，孩子好事成双，她不可能再记起三岁之前的小姑。

回到家，我对母亲说，明天买点海蛎吧，我做蚵仔煎给你吃，我已经暗暗记下了做法，绝对正宗，我保证。

母亲背过身去，没有说话，我知道我们同一时间，想起了外婆。

"咻咻"，起风了，初夏的风吹过明亮的稻田。我说过，我说过这是心动的声音，也是岁月的声音。仅此纪念这一年的夏天，我在台湾。

散　文

小径分岔的花园

汤显祖在《牡丹亭题词》里面说，《牡丹亭》的故事，"传杜太守事者，仿佛晋武都守李仲文、广州太守冯孝将儿女事，予稍为更而演之"。然而，他并没有交代花园的来历，因此一切都无关紧要。令我们浮想联翩的是唤醒杜丽娘青春生命的那座花园。

进入大学，我们以自己的方式打开了那座花园的大门，姹紫嫣红的颜色，四年以来，总算逐一领略。

现在我们要进入另一所花园，有一种传言说那是迷宫，另一种传言马上否定了前者，别担心，不过是小径分岔而已。博尔赫斯强调，建造者是我们的曾祖彭崔。

有什么记载呢？记录缺失了两页。一切都依靠我们自己的足迹。

站在迷宫的中心，面对分岔的人生路径，理论上是，我们往往只能选择一种可能，排除其他。而实际上，彭崔的花园是充满所有平行可能性的时间之网，衍生不已、枝叶纷披。当沿途的景色再也无法引起你心脏跳动的狂喜之时，你应该从容地回到原点。不要让自己停止，我们永远都可以依照自己的意念重新开始。

"我将小径分岔的花园留诸若干后世……英雄们就这样战斗，可敬的心胸无畏无惧，手中的钢剑凌厉无比。"

你企图去叩开每一扇紧闭的门扉，那在寒夜中透出温暖灯光的屋子。不记得门上是不是有铃，是否得天独厚地给予了拜访的机会。但总要试图去争取，比如说敲敲门，甚至不妨推开一试。贾岛不是差点就用了"僧推月下门"吗？因为那么多的人生之门，实际上并没有安装门铃，全靠自己推开。有很多微不足道，也有很多难以置信。

然而也许在推开门之前，你早已长途跋涉，裤腿上灌满泥浆。你堆起风尘仆仆的笑脸，即使这样也有可能遭到拒绝。你像《城堡》中的K一样长久地逡巡于梦寐之地外,这仅仅是开始,你却觉得难以置信。

"我将小径分岔的花园留诸若干后世……所有发生过的事物,总是先于我们的判断,我们无从追赶,难以辨认。"

你仿佛见到了《人间喜剧》中的景象,世俗的气味在你的嗅觉之下打开,无数头戴鲜花的女郎站在不同的门扉处向你招手。诱惑的种子在温暖的土壤里等待发芽,你想起了童年时期反复诵读的《一千零一夜》。所有的故事都绕回到同样的起点:总有一扇门是不能打开的。你竭力避免着任何灾难性的腐蚀与毁灭。

然而还有基督山伯爵,日复一日地突破着地道里坚硬的岩石。还有圣地亚哥,在暴风雨中微笑。还有堂吉诃德,为冲向风车赴汤蹈火。太多了,数不胜数,你迎来了屋子里隐隐闪烁的灯光。

"我将小径分岔的花园留诸若干后世……不要胆怯。我们目睹了,发生过的事物,那些时代的豪言壮语。"

一盏灯笼从深处房屋出来,逐渐走近,一盏月白色的鼓形灯笼的灯光。你有一种透不过气来的感觉,这是希望。你想起沿途的风景,模糊而生机勃勃的田野、月亮、傍晚的时光。使人百感丛生。你想起你曾经在某一棵阴风习习的树下憩息,思索的问题是那个"延宕的王子"痛彻心扉的呐喊——生存还是毁灭?那么,又如何生存?你离家在外,每日每夜被《细雪》中四姐妹的那种关西乡愁所紧紧缠绕,然而你强迫自己不去回忆学生街小门右拐几步陕西阿姨家的凉皮。你开始接受苦瓜,一开始总是苦的,到后来会咀嚼出甜味,倒不完全是因为菜肴中的鸡蛋。你想起还有《布鲁克林》——每一条向外的道路最终都是回归的。如果人生是这样一条小径分岔的花园,意外、惊喜与挑战都可以作为潜台词,值得被人称赞的美德是勇气与坚持。

踏进这个花园,我们感受到那种广阔无比的美感,当然不仅仅是一些八角凉亭和曲径通幽、诗词歌赋,它是一个由命运的密码组成的迷宫,即使只是窥探到一点角落里的秘密,也足以使我们心旷神怡。我们有信心,不在任何艰难的时刻抛弃自己,具体而并非抽象地去感知这个世界。

问题是,一个人,如何在这样令人眼花缭乱的风景和道路中,真正地成为我们自己。

"我将小径分岔的花园留诸若干后世……挺住意味着一切。"里尔克说,"哪里有什么胜利可言"。请让我们在具体语境中告诉他,也许未必吧。

祝大家毕业快乐!

寻饼记

　　自从来到上海之后，每逢天气晴朗的日子，我都想出去。我的左屁股和右屁股在自习室冰凉的椅子上叹气，我拍拍它们，好吧，那就出去。

　　其实，并不关屁股什么事，我爱抚地摸了一下我的嘴，它是幕后元凶，主要诉求，是想吃故乡的馅饼，厦门馅饼。想吃极了，以至于一打开书，脑子就开始滴溜溜地乱转。可是，我在这里再一次出现了表意不明，一大堆热情的群众闻声而至，他们说，你啊，去找饼啊。

　　有人告诉我，东门直走出去，左拐，右拐，再左拐，我不知道究竟是怎么个拐法，好歹是找到了饼，烧饼，贴在铁皮包裹的老式炉子里，里面夹着葱花、梅干菜或者牛肉丁。师傅巧言令色地向我解释将饼圈烧焦之后第一口咬下的绝妙乐趣，我却直接否定了前提，师傅啊，我要找的不是烧饼。是馅饼。这不是有馅吗？

　　另一个朋友，更加能领悟其中的区别。他向我指了往南走的方向，国年路菜场，东北饺子馆，以及种种被列举的地标，厚道，他最后有力地拍了拍我的肩膀。这一次，我跨上自行车，势在必得。最后兜兜转转，看到一个在风雨飘摇中亮着橘黄色灯火的哈尔滨大饼。师傅盯着我，眼神是满怀期待的，随着我看完了韭菜鸡蛋饼、萝卜丝饼、土豆饼、牛肉饼，最后是隔夜的甜酥饼。他失去了信心，不再理睬我，转过身磨豆浆。

　　我把我的失望告诉了第三个朋友，知己相逢真是相见恨晚，他说，那些北方人不懂你的世界，北方吃饼，面都是要发到涨起来，其实不发的面却有不发的妙处，薄脆，绵密。所有这一切都与记忆中的口感不谋而合，我欣喜若狂，顺着他的指引来到五角场的第一食品商店。一楼是海派糕点，绿豆糕、袜底酥、杏仁排、苔条酥，讲究的是表皮香脆。二楼站得密密挨挨的是卖汤团的阿姨，她热情地拉住我，小姑娘，这个很糯。可惜糯是江浙沪口味，那么她指了指楼下，你要酥的，在那里。

这位朋友一直以为，我所说的是苏式月饼，当我在第一食品商店空手而归时，他感到大惑不解。于是我去了第二趟，在卖苏式月饼的窗口，看到它的表皮在冷却之后粘黏上的一层薄薄的油脂，而里面的馅料，咸甜过半，招牌是鲜肉，同样热情的阿姨问我，要不要尝一尝椒盐和黑芝麻。

香，她说，后面紧接着就要说脆。于是我看到上海什么都是脆的，糕点的饼皮、生煎的包子皮、粢饭团、油条，还有大饼四周值得自夸的焦圈。

而我记忆中的饼就淹没在"脆"的审美趣味之中。以至于在上海，我始终没有找到故乡馅饼的滋味。有一次一个师傅问我，小妹你到底要什么饼，我说，师傅，您试试看，不要烤得那么硬，酥中带软，味道绝佳。饼皮是绵密的分层，稍稍用力便会掉落。油在发面时放，并不另外刷，猪油最香，植物油常见，黄油则是西式的改良。出锅后，油顺着面粉的纹理行走而并不渗漏，不喜食热，热则见油，冷却油收。放凉几分钟后吃，表皮的酥感是一种轻薄的点缀，而内里的松软让你感到一种粮食入口的扎实，甜馅最为畅销，红豆、绿豆、南瓜、紫薯、核桃、椰蓉等谷物被做成甜品搅碎入馅，口感是一种绵延的甜，严实、饱满的馅料，与绵软松脆的饼皮一起被细细咀嚼，像一次拉伸有致的口腔推拿，谷物碾过舌苔，留下清爽香甜。

师傅说，不懂。

其实，我自己也未必懂。

入乡随俗，上海这么一个国际大都市，什么美食没有呢？馅饼是生活必需品吗？找不到馅饼，你难道就要茶饭不思吗？有阳光的日子里，我的左屁股和右屁股真的是为了馅饼而叹气吗？

我爱抚地摸了摸它们。

鱼　脸

落花与果实

　　前阵子读到徐枋的诗，"此生漂泊竟如何，一岁春光又半过。满地烟芜寒食近，故村风雨落花多"。一时间有一种蒙眬的唏嘘感。这来自一种时空的混乱，当我们站在这个毕业季闷热的夏天里，记忆与想象张牙舞爪地纷乱涌现出来，慨叹春光，过去被剪辑成不连续的片段，关于未来的漂泊之感还是一种一厢情愿的想象。我们等待捕捉着半个月后穿上学士服的模样，那时候一定会微笑，任何仪式性的狂欢，似乎都是为了掩盖在毕业选择上这份沉甸甸的重量。

　　姗整天在宿舍里唱张悬，"我得到的都是侥幸，失去的都是人生"，我们都受不了她的矫情。可是我每天深夜听到她辗转反侧的声音。姗不是一个非常用功的女孩，她有自己的生活方式，可是她用一反常态的方式走过国考、省考，均落败。现在她在等待事业单位的考试结果，每天在吃饭的间歇盯着手机群里狂轰滥炸的信息。姗说，我本来是有理想的，现在没有了。我想，那不是一种消失，而是一种妥协，本来抵达目的地的方式与路径都各不相同，通常的情况是，我们不可能一次性找到最近的路途。香香也做着妥协，她是一个恋家的姑娘，却选择了一个从未去过的城市。考研失败，她写了一篇长文，哭了一个晚上，第二天就忘记了。我知道她不是真的忘记了，那些日子都刻骨铭心地存在在她的生命中，然而在这里，忘记也是一种选择，她签了一个很好的单位，不过在离家万里的城市，她让我帮她查地图，找最近的交通路线，规划将来回家的行程，麻烦你了，我地理学得实在是烂，她还说，她最舍不得的，是家里的狗。那再养一只吧，养什么好呢？我们又激烈地争论起来。

　　这样的争论是毫无意义的，我们只不过是在消磨时间，克服内心那种五味杂陈的不安。命运的诡谲之处正在于，我们永远不知道它要将我们带向哪里。英在通过教师招考的笔试之后，在家人观点意见的四面包围之下，与签下的私立中学毁约了。然后她开始了暗无天日的教师招考面试准备，每天清晨五点半准时起床，吃东西像小鸟一样少，每天食不知味。看到她脸上那种坚韧而温暖的笑容，我毫不怀疑命运会给她慷慨的结果，一切只是时间的问题。但是即使得到那个所有人都想要的结果，还是逃不开时间的拷问，这真的是你想要的吗？是否都像家人所预言的一样，英在编制内能够得到更好的发展？如果在数年之后再次回到起点，英是否还会做出相同的选择？

同样的，我们呢？

这样的拷问一针见血，然而没有人能够给出准确清晰的回答。好在没有人过分在意最终的答案，也许这本身就是一个伪命题，即使我们完整经历过生活的每一个阶段，我们也不一定能够看清它的全貌。有一天早晨，睡眼蒙眬的香香站在宿舍门口，对着树上一只跳跃的松鼠发出了惊呼声，它的毛发浓密而棕黑，尾巴修长，引来了我们的围观。仓山校区有松鼠，我们都知道，然而是第一次这么近距离地看见它，看见它圆鼓鼓的眼睛里有一闪而过的动人光芒。我想起没有挂床帘的早上，太阳透过窗户渗进来的第一道光。我们都呆呆地站在那里，一时间忘却了要刷牙、要洗脸、要吃早餐，忘却了在这个闷热的毕业时节，种种萦绕心头的琐碎烦恼、无奈与感伤。

道理很简单，那一刻打动我们的是美和生命，我们在一个毫无防备的早晨，望着它不期而至。生活的本质也许就是这样，我们能抓住的极其有限，所谓未来的规划也只是一个相对而言的概念，我们升学、出国、考上公务员、考上教师、进企业、进媒体、进公司……任何的人生之战回头来看都只是人生一站，随时随地，我们享有再次选择的自由。

就像这一刻，这样莫名其妙地舒心一笑的自由。我们可以尽情享受所抓住的东西。在毕业照里留下那种少年特有的，真实、稚嫩、羞涩而爽朗的笑容。

落花必然残存在这个季节里——青春流逝，这是自然规律。然而果实也在缓慢地生长出来。在不同的生长环境之下，过去的时间被碾压成滋味各异的汁液，而未来的时间也将随着天气朝夕万变。最真实地握在手中的就是现在，我们望着它，望着这个由时光沉淀而成的，既熟悉又陌生的形状。它生长在这个水蜜桃、杨梅、荔枝、杧果琳琅满目的时节，并不完全甘甜，也很难说得上苦涩。

  我们看着在这个特殊的时刻，人生所探出的隐秘一角时，既慌乱，又充满了期待。我们回想起穿着海军背带裤的童年，奔跑在巷子里，也是怀揣着这种发现新世界的憧憬。大家纷纷收拾行囊，随着毕业典礼的临近，行李一天天被运走，每天在宿舍楼下看见汗流浃背的快递小哥，一个个箱子，一天天，宿舍像脱了水的海绵，变得越来越轻。我们知道很难处理这纷乱复杂的二元对立——当下与远方、短语与长情。好在只要抓住今天的欣喜，就可以满面笑容地走向明天的生活。那么后天的事，就等明天再来考虑吧。

  世界是一个谜语，大学四年的灿烂时光，回头看，好像做了一场大梦。

  事实是，很难用一句话来简单地说明，得到的，和失去的。

  这正像陀思妥耶夫斯基的"复调小说"，在一片众生喧哗之中我们其实只能听见自己的声音，然后我们笃定地往前走，不断自我怀疑、自我解释，警惕着遗忘，回头听到曾经的其他声音，才发现无所谓预言，也无所谓真相。